KB235391

조난자들

조난자들

1판 1쇄 인쇄   2014년 3월 6일
1판 1쇄 발행   2014년 3월 10일

각본   노영석
소설   방진호

발행인   김성룡
편집·교정   김은희
디자인   권혜영
펴낸곳   도서출판 가연
주 소   서울시 마포구 월드컵북로 4길 77, 3층 (동교동, ANT 빌딩)
구입문의   02-858-2217
팩 스   02-858-2219

ISBN   978-89-6897-008-5 13810

조난자들

노영석 각본 | 방진호 소설

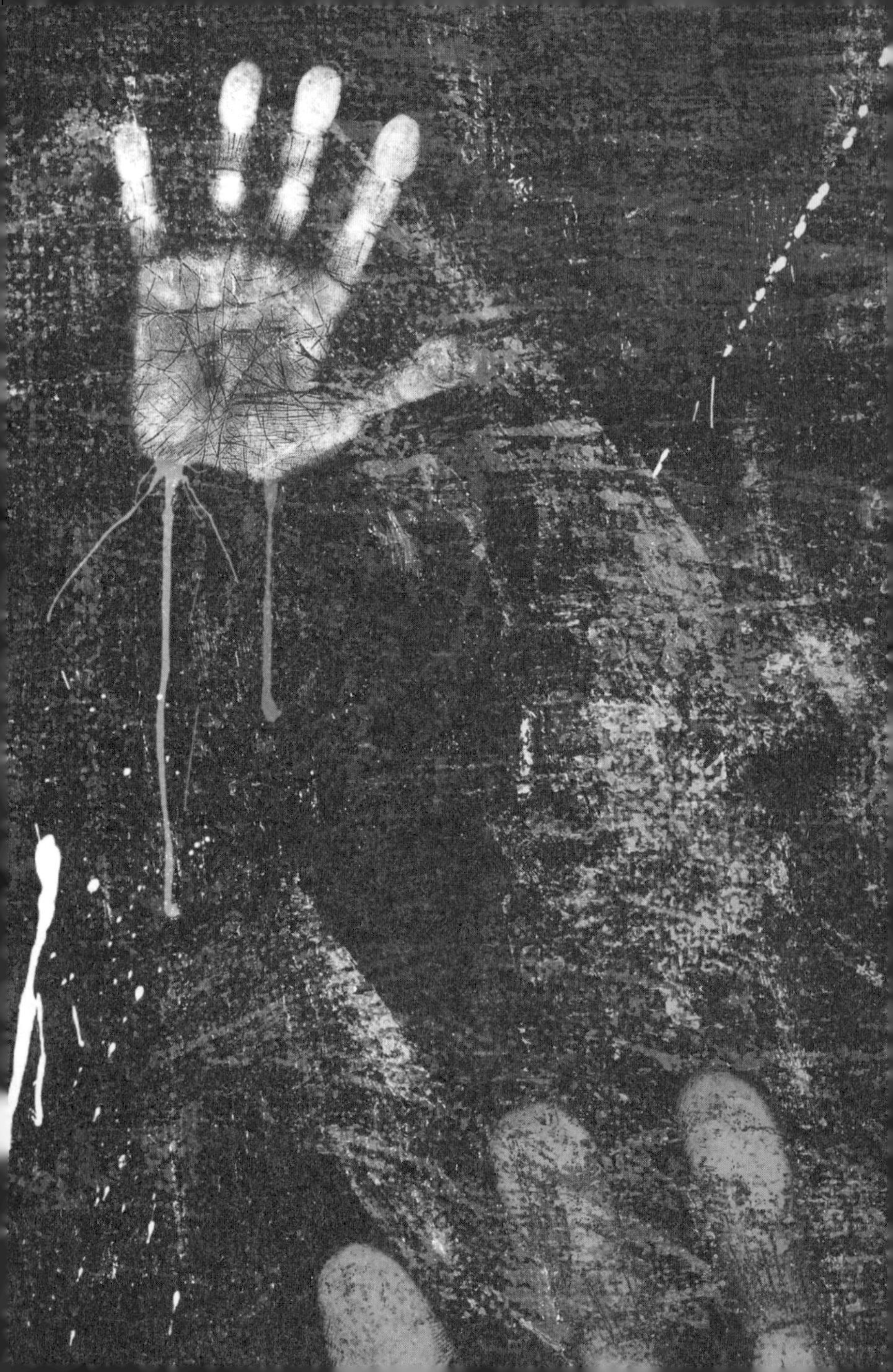

Contents

1. 이방인

상진은 버스에서 내려 주변을 둘러보았다. 서울에 있는 터미널에 비해 작고 한가한 곳이었다. 머리를 식히고 일을 마무리 하러 온 상진은 그래서 이곳이 마음에 들었다.

개찰구를 벗어나 버스터미널 밖으로 나섰다. 그리곤 제일 먼저 버스에 지친 찌뿌듯한 몸을 깨우려는 듯 커피자판기를 찾아 동전을 밀어 넣었다. 터미널만큼이나 오래돼 보이는 낡은 자판기는 버튼을 누르자 힘겨운 소리를 내며 커피를 내려 놓았다.

자판기 옆쪽에는 사람 키만 한 안내판이 세워져 있었는데 산과 계곡이 제법 자세히 그려져 있었다. 하지만 관리가 잘 안 되었는지 군데군데 벗겨져 잘 보이지 않는 지역도 있었다.

상진은 가방에서 주섬주섬 터미널 홍보 스탠드에서 가져온 「청정 백태계곡 야생동물 보호구역」 안내지를 꺼냈다. 백태계곡 안내와 더불어 지역에서 서식하고 있는 주요 동물도 안

내되어 있었다. 상진의 시선을 붙잡은 것은 「녹색 눈 너구리 서식지」라고 쓰인 부분이었다. 어쩌면 서울에서는 쉽게 볼 수 없는 동물을 울타리 없이 직접 볼 수 있을지도 몰랐다.

자판기에서 따뜻한 커피를 꺼내 들고는 그제야 주변의 경치를 둘러보았다. 터미널 앞엔 낮지 않은 산이 자리하고 있었는데 하얗게 눈이 덮인 모습이 장관을 이루고 있었다.

상진은 산을 둘러보며 김이 모락모락 나는 커피를 마셨다. 숨을 깊게 들이마시니 상쾌한 나무 향이 폐 깊게 스며드는 것이 느껴졌다. 상진은 벤치에 마시던 커피를 내려놓고 카메라에 눈앞의 풍경을 담았다. 반짝이는 눈을 보는 것만으로도 답답했던 가슴이 어느 정도 뚫리는 느낌이었다.

인기척에 뒤를 돌아보니 커피를 내려놓은 벤치에 노인이 앉아 상진을 바라보고 있었다. 술에 취한 듯한 모습이었지만 눈매가 매서워 만취한 모습처럼은 보이지 않았다. 군복을 입은 노인은 담배를 꺼내 피우고는 재를 벤치에 놓인 종이컵에 떨어냈다. 너무 자연스러워 좀 전에 재를 떨어낸 컵이 상진 자신이 마시던 커피였다는 것을 조금 뒤에야 알 수 있었다.

"뭐야……. 쯧."

상진의 중얼거림에 노인이 쳐다봤지만 상진은 시선을 피하며 다시 커피 자판기로 향했다. 저런 동네 노인들은 최대한 피하는 게 상책이다. 괜히 시비가 붙었다가는, 더구나 나이도 어린 타지 사람이 동네 노인과 싸움이 나서는 본전도 못 찾고 끝날 게 분명하기 때문이다.

그는 자판기에 동전을 넣고 못마땅한 표정으로 노인을 돌아보다 지나던 남자와 시선이 마주쳤다. 키는 작았지만 까무잡잡한 피부와 짧게 자른 머리가 다부진 인상의 남자였다. 사실 다부져 보인다기보다는 불량한 모습에 더 가까웠다. 상진은 재빨리 시선을 피하며 못 본 척 커피를 꺼내 마셨다. 남자가 잠시 걸음까지 멈추고 바라보는 게 느껴졌지만 상진은 애써 몸을 돌려 못 본 척했다. 남자는 고개를 갸우뚱하며 터미널 안으로 들어갔다.

"카악! 퉤!"

벤치에 있던 노인이 종이컵에 가래침을 뱉었다. 상진은 인상을 찌푸리며 마시던 커피를 컵 째로 쓰레기통에 던져버렸다. 풍경으로 좋아졌던 기분이 사람들 때문에 망쳐졌다. 그랬다. 언제나 사람이 문제였다.

상진은 버스터미널 안으로 들어섰다. 크지 않은 대합실에는 나무로 만든 낡은 벤치가 나란히 줄 서 있었고 그 위를 몇몇의 사람들이 듬성듬성 앉아 무표정한 얼굴로 상진을 바라보았다.

빛이 바래 누렇게 뜬 노선 시간표를 보았다. 노선이 몇 개되지도 않아서 목적지를 찾는 것도 어렵지 않았다. 시계를 보

니 아직 시간이 꽤 남아 있었다. 이렇게 외진 곳의 터미널은 배차 간격이 넓기 때문에 1분이라도 늦으면 1시간을 꼼짝없이 묶여있을 수도 있지만 다행히 상진의 버스는 곧 도착할 예정이었다.

터미널과 어울리지 않게 최신형 벽걸이 TV가 대합실 사람들의 무료함을 달래주고 있었다. 자본주의는 광고를 낳았고 광고는 이렇게 공짜 서비스를 제공했다. 터미널이면 으레 그렇듯 이곳의 TV도 뉴스만 연속으로 내보내고 있었다.

「북한은 11일 북미 정상회담이 결렬된 원인이 남한의 한반도 평화를 위협하는 책략에서 비롯된 것이라고 거세게 비난했습니다. 북한은 남한의 공식적인 사과가 없을 시에는 핵실험 강행은 물론 전쟁까지도 불사하겠다는 입장을 보이고 있는데요. 이번에 예정된 동해상에서의 한미 합동 군사훈련이 실시되면 미사일은 남한을 겨냥하게 될 것이고 서울에서 제주까지 불바다로 만드는 것은 시간문제라는, 연일 강도 높은 발언을 하고 있습니다. 이에 정부는 한미 합동 군사훈련은 예정대로 실시될 것이며…….」

이젠 뉴스에 나오는 북한도 지루했다. 하지만 뉴스 채널은 맨날 같은 레퍼토리로 우려먹는 게 지겹지도 않은지 그 얘기를 또 지겹게 전한다. 다른 채널로 돌려보고 싶었지만 집중하면서 보고 있는 사람들도 있었기에 그냥 입맛만 다셨다. 손목

시계를 봤지만 시간이 멈춰있는 듯 아직도 버스 시간까지는 한참 남아 있었다.

"개노무새끼들."

아주 작은 소리였지만 그게 욕이라는 것만은 확실히 알아들을 수 있었다. 원래 욕이라는 게 아무리 작게 말해도 귀에 꽂히는 법이다. 벤치에 앉아 TV를 보며 중얼거리는 노인을 돌아보았다. 중얼거리는 말소리는 더 이상 알아들을 수 없었지만 표정으로 보아 계속 욕을 하는 것이 분명했다.

노인은 단단히 화가 났는지 벌떡 일어나 TV 앞에 바짝 다가가 큰소리로 외쳤다.

"빨갱이 새끼들!"

그는 TV를 노려보며 대합실 안에 있는 모든 사람들의 귀에 똑똑히 새겨줄 듯이 더 큰 소리로 말을 이었다.

"저 빨갱이 새끼들한테 전부 속고 있단 말이여! 그렇게 속고도 모르냐 이 멍청한 놈들아!"

사람들은 깜짝 놀라 노인을 돌아보았다. 노인은 입에 거품을 물고 소리 질러댔다.

"너거 멍청이들 때문에 나라꼴이 말이 아녀, 말이! 말세라니까, 말세! 응? 맨날 해대는 거짓말에 속는 것도 한두 번이지 대체 왜 그렇게 매번 속는 거여? 대가리에 똥밖에 안 찬 거여?"

그는 TV를 노려보던 매서운 눈빛 그대로 뒤를 돌아 대합실에 앉아있는 사람들을 쏘아보았다.

"이게 다 좆도 모르는 젊은 새끼들 때문에 나는 지랄 아녀? 요즘 새끼들 죄다 군대도 안 가려고 하고 이북에 돈 퍼줘야 한다고 지랄 지랄해대서 나는 꼴인데 잘 됐다 잘 됐어! 나야 늙어 빠져서 언제 죽어도 상관없지만 니네 새끼들 어디 한 번 뒤져 봐라! 새끼들아!"

저런 노인들은 대한민국 어디에나 있다. 한국전쟁을 겪은 노인들은 물론이고 그 세대에게 교육을 받고 자란 그 다음 세대의 노인들도 반공을 외친다. 정치적 이념과 경제적 체제가 분리되고 뒤섞여버린 요즘도 그들에겐 흑백과 적청이 명확하다.

사람들은 노인이 곧 터져버릴 폭탄이라도 되는 냥 슬그머니 자리를 피했다. 신문을 접고 일어나거나 들고 있던 음료수 병을 버리려는 것처럼 자연스럽게 피해버렸다. 스마트폰만 뚫어지게 바라보던 중학생만이 미처 피하지 못하고 노인의 서슬에 걸려들고 말았다. 노인은 다짜고짜 그 중학생을 가리키며 큰소리로 말했다.

"너! 군대 갔다 왔어?"

중학생은 아무 생각 없이 노인을 힐끗 봤다가 그 손가락이 자기를 향해있는 것을 깨닫고 엉거주춤 대답했다.

“예?”

“너 군대 안 갔다 왔지?”

멍한 얼굴로 노인을 바라보던 중학생은 그제야 분위기를 파악하고는 슬그머니 자리를 피했다. 노인은 거보란 듯 혀를 차며 말했다.

“저 봐, 저 새끼 저것도 안 갔다 왔구먼! 이러니 나라꼴이 이 모양이지. 응?”

노인은 마치 먹잇감을 찾듯 다음 대상을 물색하며 두리번거렸지만 이미 모두가 자리를 떠나고 난 뒤였다.

“에이 씨벌…….”

노인은 알아들을 수 없는 욕을 중얼거리며 다시 자리에 앉으려다가, 그의 모습을 물끄러미 바라보던 상진과 눈이 마주쳤다.

“거기! 너! 넌 군대…….”

노인의 말이 끝나기도 전에 상진은 못들은 척하며 벌떡 일어났다. 저런 노인들을 상대하느니 차라리 애기들 똥 기저귀를 갈아주는 것이 낫다고 생각해오던 차였다. 참고로 상진이 가장 싫어하는 일이 애새끼 똥 기저귀 갈아주는 일이다.

상진은 계속 시끄럽게 구는 노인을 뒤로 하고 터미널 밖으로 나섰다. 아직 버스 시간이 남아있었지만 노인의 영양가 없는 말을 듣고 있는 것보다는 낫다는 생각에서였다.

　상진의 뒤로 노인이 중얼거리는 소리가 들렸지만 끝까지
모른 척했다. 모든 시비는 소통이 있기 때문에 생기는 것이
다. 애초에 소통을 하지 않으면 문제도 생기지 않는다.

　잠시 후 그가 타야할 버스가 느긋한 모습으로 터미널에 들
어섰다. 몇몇 사람들은 익숙한 듯 버스가 도착하자마자 올라
탔지만 상진은 초행이라 버스 번호를 한 번 더 확인했다.

　"기사님, 혹시 이 버스 백태계곡까지 가나요?"

　"백태계곡이요?"

　버스에서 내리려던 기사가 운전석에 엉거주춤 서서 잠시
생각하는 표정을 지었다.

　"글쎄, 내가 오늘 처음 운행이라 잘 모르겠는데?"

　"백산 휴양림 근처라고 하던데요?"

　"글쎄요. 나는 잘……."

　발판에 반쯤 올라선 상진이 자신 없는 발걸음으로 버스에
서 내려서자 어디선가 큰소리가 들렸다.

　"거기 가요!"

　잠시 주변을 두리번거리던 상진은 버스 뒷문 쪽에 앉은 남
자가 창문 밖으로 고개를 내밀고 있는 것을 발견했다.

　"네?"

　"타요! 거기 가요!"

　상진은 상냥한 얼굴의 남자를 바라보며 낯설지가 않다는

생각이 들었다. 분명 본 적이 있는 얼굴이었다.

"그래요?"

"휴양림 앞까지 가요! 타요!"

남자의 적극적인 모습이 상진은 오히려 거북했다. 도시에 사는 사람이라면 대부분 이런 과잉 친절에 경계심이 생긴다. 더구나 이처럼 불량스럽게 보이는 사람의 친절은 더더욱.

상진은 불편해진 마음이 표정에 드러나지 않도록 조심하며 대답했다.

"아, 네."

버스 안은 텅 비어있었다.

앞문 쪽 좌석에 앉아있는 할머니는 병든 닭처럼 졸고 있었고 뒷문에 가까운 좌석의 건너편에 남자가 앉아있었다.

상진의 기척에 졸던 할머니는 잠깐 깨서 힐끗 보고는 이내 흥미를 잃고 다시 잠에 빠졌지만 뒤에 앉아있는 남자는 눈을 빛내며 상진을 빤히 바라보고 있었다. 상진은 쭈뼛거리다 자신에게 호의를 베푼 남자에게 배려하려는 생각에 뒷문에 가까운 좌석에 자리를 잡았다.

버스에 시동이 걸릴 때까지도 더 이상 탑승하는 승객은 없었다. 설마 했지만 버스는 승객 세 명만을 실은 채 도로에 나섰다. 이래서는 노선 운영이 제대로 될까 싶었다. 정부 보조가 아니면 운행하기 힘들지 않을까 하는 생각을 하다 쓸데없는 생각이란 걸 문득 깨달았다.

“아저씨!”

들떠 있는 듯한 남자의 목소리를 상진은 애써 무시하려고 했지만 승객 전체가 세 명이란 것과 그중 한 명은 취침중이란 사실을 감안하면 반응을 보이지 않을 수가 없었다. 상진은 천천히 고개를 돌리며 대답했다.

“네?”

남자는 여전히 들뜬 듯한 목소리로 말을 이었다.

“아저씨! 추봉에서 내리면 돼요!”

“어디요?”

“추봉역이요!”

“아, 네. 감사합니다.”

반갑지 않은 친절에 응대하는 것도 곤욕이다. 상진은 어색한 미소를 지우고 다시 창밖으로 시선을 돌렸다. 눈으로 덮인 산과 들이 이리저리 흔들리며 뒤로 지나쳐갔다.

“아저씨!”

아, 왜 또! 왜! 상진은 짜증으로 얼굴이 일그러졌다. 이어폰을 귀에 꽂고 못 들은 척 할까도 했었지만 이제 와서 그랬다가는 사람 무시한다며 더 곤란해질 것 같았다.

상진은 할 수 없이 남자를 돌아보자, 남자는 고개를 끄덕이며 못 참겠다는 듯 말했다.

"안되겠다. 아저씨!"

그는 창가 쪽으로 엉덩이를 옮겨 앉으며 말했다.

"이리로 와요! 이리로."

상진은 잠시 이상한 표정으로 남자를 바라보았다. 손님이라고는 달랑 세 명뿐인 텅 빈 버스에서, 그것도 처음 보는 남자끼리 붙어 앉는다는 건 상진의 상식으로 분명히 이상해 보이는 일이었다.

"뭐라고요?"

상진이 못 알아들어서 그렇게 반문한 게 아니건만 남자는 손짓까지 하며 다시 말했다.

"이리와 앉으시라고요. 내가 알려줄 테니까."

눈치가 없는 건지 넉살이 지나치게 좋은 건지 알 수는 없었지만 그를 이해할 생각은 없었다. 당장은 제발 말을 안 걸고 그냥 아는 척을 안 해주기를 바랄 뿐이었다.

"네, 저는 괜찮아요."

"아이! 이리 와요! 나도 추봉까지 가니까."

상진은 부정의 의미로 그를 바라보았지만 남자는 상진의 표정을 단단히 오해한 모양이었다. 얼른 오라는 듯 열성적으로 빈 옆자리를 두드리고 있었으니까.

"전 좀 생각할 게 있어서요."

"미안해 할 거 없어요."

미안해 한 적 없다고! 상진은 남자를 빤히 바라보고 있었지만 그는 포기할 생각이 없어 보였다. 버스는 달리는 중이라 다른 곳으로 가서 피할 수도 없거니와 더 거절했다가는 저 친절한 불량배에게 봉변을 당하지 않을까 하는 두려움도 살짝 있었다.

상진은 내키지 않았지만 남자의 옆자리로 옮겼다. 호의를 거절하는 건 예의가 아니기 때문이라고 스스로에게 말했지만 사실은 해코지에 대한 두려움이 더 컸다. 인정하기 싫었을 뿐.

상진은 어색하게 앉아 앞만 바라보고 있었고 남자 또한 말을 걸지 않고 창밖을 바라보았다. 하지만 얼마 지나지 않아 상진 쪽을 힐끗거리기 시작했다. 말을 걸고 싶어서 안달 난 사람처럼. 상진은 그런 남자를 애써 무시했지만 그만큼 불편했다. 텅 빈 버스에 이렇게 나란히 앉아 말도 안 하고 있자니 그게 더 어색했다.

안절부절못하는 게 느껴져 상진도 더 이상 버틸 수가 없었다. 남자를 돌아보며 어색하게 웃어보이자 남자는 기다렸다는 듯이 말했다.

"아저씨, 거기는 뭐 하러 가요?"

천진한 듯 하면서도 거침없는 말투가 묘했지만, 절대로 그게 매력으로 보이진 않았다. 굳이 구분을 하자면 그냥 피하고 싶은 그런 부류랄까.

"아, 그냥 바람 좀 쐬러요."

"바람 쐬러요? 바람 쐬러 여기까지 왔다고요?"

창밖을 보던 남자가 상진을 돌아보며 말했다.

"한 겨울 칼바람을 뭐 하러 쐰다고?"

상진은 그냥 어색하게 웃는 거 말고는 달리 할 말이 없었다. 남자는 흥미롭다는 듯 상진을 바라보다 불쑥 말을 꺼냈다.

"아저씨는 어디서 왔는데요?"

"서울이요."

"서울이요? 참, 나 희한하네."

그는 뭐라고 혼자 중얼거리다 상진을 보며 말을 이었다.

"촌사람들은 서울 가려고 안달 났는데 서울사람들은 바람 쐰다고 여길 오고. 웃기네."

"아, 네. 하하."

결코 웃겨서 웃는 게 아니었다. 진상 손님일수록 웃는 낯으로 대해야 봉변을 면할 수가 있다.

"그런데, 거긴 어떻게 알고 간데요?"

"아는 분이 펜션을 하셔서 거기 좀 묵으려고요."

남자는 손뼉을 치며 말했다.

"맞다! 거기 펜션 하나 있어요. 거기 경치 좋잖아요. 여름에

는 나도 자주 가는데."

"아! 펜션에 가보셨어요?"

"아니, 펜션은 비싸잖아요. 여름엔 그 쪽 계곡에서 친구들
이랑 고기도 구어 먹고 그래요."

"아, 그렇구나."

"거기 가는 거예요?"

"네."

남자는 잠시 창밖을 바라보다 물었다.

"그런데 혼자서 거길 가요? 그것도 이 겨울에?"

"네."

"왜요? 이런 데는 여자 친구랑 같이 와야죠, 혼자서 무슨
재미로?"

"하하, 여자 친구 없어요."

"여자 친구가 없어요? 이야, 똑같네. 나도 없는데."

남자는 상진 앞에 손을 내밀며 악수를 청하며 말을 이었다.

"완전 동지네요, 동지."

상진은 당혹스러움을 감추며 어색하게 그와 악수를 했다.

"아, 네."

남자는 악수를 하며 중얼거렸다.

"우린 정말 왜 이런지 몰라. 하하."

뭐가 왜 이런지 모른다는 건지 알아들을 수 없었지만 그냥

웃었다. 남자는 상진의 어깨를 툭 건드리며 말을 이었다.

"그럼 그냥 친구라도 데리고 오지 혼자 다녀요?"

그는 슬쩍 표정을 굳히며 말을 이었다.

"혹시 자살하러 왔나?"

"네? 자살이요? 에이, 아니에요."

"보통 자살 할 때 혼자 여행오지 않나? 안 그래요?"

상진은 이 멍청한 대화를 얼른 끝내고 싶었다.

"그냥 혼자 좀 할 일이 있어서요."

"무슨 일을 하는데요?"

네 살짜리 애새끼도 이렇게 귀찮게 하진 않을 거라고 생각했다. 상진이 말을 한마디 하면 열 개의 질문이 쏟아져 나와 입을 열기가 두려울 정도였다.

"그냥, 뭐. 그런 게 있어요."

남자는 잠시 생각하는 표정을 짓더니 역시나 질문을 했다.

"그게 뭔데요?"

왜 이 먼 곳까지 와서 동네 양아치에게 직업까지 말해야 하는 건지 기분이 좋진 않았지만 끝까지 질문 할 기세여서 대답해주기로 했다.

"글 좀 정리할 게 있어서요."

남자는 놀란 듯 눈을 동그랗게 뜨고 되물었다.

"글이요? 글 쓰는 사람이에요?"

남자가 놀라는 바람에 상진도 덩달아 놀랐지만 뭔가 동경하는 듯한 표정이었기에 조심스럽게 대답했다.

"뭐, 그냥. 별 거 아니에요."

"글 쓰는 거 좋죠? 나도 최근에 책 좀 읽었는데 글 쓰는 사람들은 정말 좋은 거 같아요."

"아, 네."

"내가 최근에 시간이 많아서 책을 딱 백 권을 읽었는데, 아, 엄청나. 모르는 얘기들이 엄청 많더라고요."

남자의 수다에 상진은 고개를 끄덕이고 있었지만 그가 무슨 말을 하는 건지는 귀담아 듣지 않았다. 남자는 신이 나서 말을 계속 했다.

"글 쓰는 거 정말 잘 하는 거예요. 우선 책을 한 번 읽으면 재미가 없어도 읽었던 게 아까우니까 끝까지 읽어야 되거든. 그러니까 책은 썼다 하면 사람들이 무조건 읽는 거야. 얼마나 좋아요. 안 그래요?"

이 친구가 자신이 지금 무슨 말을 하는 건지 알고나 말했으면 좋겠다고 생각했다. 한국말인데도 대체 무슨 말을 하는 건지 알 수가 없었다.

"하, 작가라……."

그는 감격스런 표정으로 중얼거리다 상진에게 물었다.

"아저씨는 그럼 책 많이 읽겠네요?"

“아, 뭐.”

“얼마나 읽었어요? 천 권? 이천 권?”

독서에 대해 이렇게 수량으로 질문을 받아보긴 처음이라 상진도 뭐라 답을 해야 할지 잘 몰랐다. 기대하는 듯한 그의 표정을 보니 대답을 해야만 하는 분위기였다.

실제 몇 권이나 읽었을지 생각해 봤지만 도무지 감이 잡히지 않았다. 학생 때 책을 많이 본 것은 아니었지만 작가라는 직업을 가지게 되면서부터 책을 부쩍 많이 읽게 되었다.

요새는 책을 읽지 않아도 인터넷으로 필요한 정보를 쉽게 얻을 수 있어서 좋았지만, 책이란 건 정보를 얻는 게 전부가 아니었다. 특히 작가라는 직업을 가진 사람들에겐 더욱 그랬다.

표현력이라든지, 묘사하는 방식이나 문체 등 책에는 일반 지식 말고도 필요로 하는 정보가 많이 들어있기 때문이다.

“글쎄요, 한 만 권정도 읽었을라나.”

놀란 듯 눈을 크게 뜨는 남자를 보며 상진은 은근히 승리감을 느꼈다. 이 건방진 양아치의 콧대를 어떻게든 눌러놓고 싶었기 때문이었다. 유치한 줄 알았지만 그래도 좋았다. 어차피 다시 볼 사이도 아니니까.

“진짜요? 우와 엄청나네. 그걸 언제 다 읽었데요?”

“그냥 한 권씩 읽다보니…….”

인간이 평생 동안 몇 권을 책을 읽을 수 있을지 의문이 들었지만 그냥 넘어가기로 했다. 남자는 고개를 몇 번 크게 끄덕이더니 금세 흥미를 잃은 듯 창밖을 바라보았다.

상진도 간만에 찾아온 고요함을 느끼려고 고개를 돌리려는데 남자의 목소리가 불쑥 들렸다.

"어쨌든 그 계곡 조용하니까 가면 뭘 하긴 좋을 거예요."

이제야 그의 말에 관심이 생겼다. 상진이 여기에 온 이유고 유일한 관심사였으니까.

"거기 잘 아세요?"

"당연하죠. 동네니까."

동네라……. 이 자식을 또 마주칠 수도 있다는 생각이 들었지만 어차피 관계없었다. 자신은 펜션에 쳐 박혀서 글만 쓸 계획이었으니까.

"앞에는 계곡이 있고 뒤는 산이 있어서 경치는 좋을 거예요. 난 하도 많이 봐서 잘 모르겠지만."

"그쪽으로 사람들이 많이 가나보죠?"

"외지사람들은 거기 좋아하데요. 난 좋은지 잘 모르겠지만."

상진은 터미널에서 봤던 동물보호구역 안내지를 떠올리며 물었다.

"그쪽이 야생동물 보호구역이라고 하던데."

“네?”

“혹시 녹색 눈 너구리 본 적 있으세요?”

남자는 잠시 생각하는 듯 눈동자를 굴렸다.

“너구리?”

“아세요? 본 적 있으세요? 백태계곡이 그 너구리 서식지라고 하던데.”

남자는 약간 뻐기는 듯한 표정으로 말했다.

“그럼요. 우린 맨날 보지 뭐.”

상진의 두 번째 관심사가 튀어 나왔다. 상진은 그제야 눈을 빛내며 남자의 말을 경청했다.

“네? 그래요?”

“그거랑 멧돼지가 밭에 내려와서 피해를 엄청 준다고. 일 년 동안 힘들게 키운 농작물 다 파먹고.”

이게 아닌데. 상진이 생각한 대화 방향과 완전히 반대로 가고 있었다. 남자는 너구리와 멧돼지가 맘에 안 들었는지 인상을 찌푸리며 말을 이었다.

“아무리 잡아도 안 없어져 그것들은. 내가 언제 한번 개밥에 쥐약 풀어서 뿌려야지.”

“저기, 그래도 그건 좀…….”

남자가 인상을 찌푸린 얼굴 그대로 돌아보았고 그의 얼굴을 보는 순간 상진의 입은 자동으로 다물어졌다.

"그건 좀 뭐요?"

"그래도 그건 좀 너무한 게 아닌가 싶어서……."

"뭐가? 쥐약 푸는 거?"

분위기가 의도치 않게 약간 험악해지는 것 같았지만 상진은 그래도 의견을 얘기해야겠다고 생각했다.

"그래도 보호동물인데 그러시면 안 되죠."

남자의 눈썹이 꿈틀거렸다. 알아들어서 그런 건지 아니면 못 알아들어서 그런 건지 몰라서 불안했다. 상진은 그냥 말을 이어서 했다.

"자연이 살아야 인간도 사는 건데요. 내가 살겠다고 함부로 죽이시면……."

남자가 상진의 눈을 똑바로 보며 말했다.

"자연? 나부터 살아야 자연도 있는 거지 뭘. 저번에도 우리 엄마 감자 다 파먹었다고, 그 개 같은 것들이. 감자뿐이 아니야. 안 가리고 먹을 만 한 건 다 처먹어."

서슬 퍼런 남자의 말에 상진은 또 다시 입을 다물었다. 남자는 창밖으로 시선을 돌리며 말했다.

"내가 죽으면 아무 소용없는 거야. 개똥밭도 이승이 낫다고 하잖아."

남자는 상진을 어깨로 툭 치며 다시 장난스런 표정으로 말했다.

“안 그래요? 맞죠?”

“아, 네. 그렇죠.”

상진은 애써 자신이 비겁한 거라고 생각하지 않았다. 분명 남자의 말에도 일리가 있는 것이다.

“아무래도 책을 보니까 좋긴 좋아. 이렇게 글 쓰는 분하고 대화도 되고. 하하, 안 그래요?”

“네, 뭐…….”

“최근에 책을 딱 백 권 봤는데, 내가 요즘 시간이 많았거든요.”

“아, 네.”

남자는 상진의 짧은 머리를 보고 갑자기 생각 난 듯 물었다.

“어? 혹시 감방 갔다 왔어요?”

상진은 놀란 얼굴로 대답했다.

“네? 아, 아니요? 왜요?”

“아닌가? 근데 왜 이렇게 머리가 짧아?”

상진은 자신의 머리를 만지작거리며 대답했다.

“아, 그냥 기분 전화도 할 겸 해서.”

상진은 이런 것까지 설명을 하고 있는 자신이 문득 어이없게 여겨져서 말을 끊었다. 하지만 남자의 말은 끊이질 않았다.

“에? 그래서 머릴 깎아요? 참, 나. 별일이네. 길러야 멋도

부리고 하는 거 아닌가?”

그건 개인 취향이라고 대꾸를 하려다가 좀 전의 보호동물 설전을 떠올리며 입을 다물었다.

“난 엊그제 나왔어요.”

남자의 말에 상진이 물었다. 이번엔 정말 궁금해서 묻는 질문이었다.

“나와요? 어디를요?”

남자는 자신의 짧은 머리를 문지르며 대답했다.

“감방. 교도소.”

상진은 내심 놀랐다. 뭔가 불량하다고는 생각했지만 전과자라고까지는 생각하지 않았다. 상진은 애써 태연한 얼굴로 말했다.

“아, 네.”

남자는 상진을 바라보며 기분 좋은 듯 말했다.

“아, 간만에 사람하고 얘기하니까 정말 재밌네. 재밌어.”

그럼 그동안 사람 아닌 것과 얘기를 했다는 건가? 이 불량 전과자가 이대로 자신에게 달라붙어버리지는 않을까 긴장이 되었다. 남자는 뭐라고 혼잣말을 하더니 다시 상진을 돌아보았다.

“독방에 있어 봤어요?”

그럴 리가 없잖은가? 감방을 가보지 않았다는데도 이런 질

문을 하는 건, 자신의 말을 믿지 않는다는 건지 아니면 건성
으로 듣는 건지 알 수 없었다.

"아니요. 안 가봤어요."

"아, 그렇구나."

남자는 버스 앞 유리를 통해 다가오는 풍경을 보며 말했다.

"진짜 얘기하니까 좋네, 좋아."

그는 상진을 또 다시 툭 치며 말을 이었다.

"아저씨, 사실 아까 터미널에서 아저씨 봤었는데."

"네?"

"내 후배랑 똑같이 생겨서 후배인가 했죠."

"그래요?"

남자는 대단한 발견이라도 한 듯 손뼉을 치며 큰소리로 말
했다.

"맞다! 그 새끼도 글 썼는데. 시 같은 것도 쓰고 그랬는데.
신기하다 신기해! 하하!"

신기하다며 웃던 남자의 표정이 금세 굳으며 중얼거렸지만
상진의 귀에도 똑똑히 들렸다.

"그 새끼 한 번 족쳐야 되는데."

이 정도면 정신병 수준이다. 남자의 얼굴에서 처음 보는 싸
늘한 표정에 상진은 소름이 돋았다. 남자는 뭔가 생각하는 듯
잠시 앞만 응시하다가 다시 밝은 얼굴로 물었다.

“추봉에서 계곡까지는 어떻게 갈 거예요?”

“걸어서요.”

“에이, 거기 걸어서 못가요. 택시 타야 돼, 택시.”

“그냥 시간도 많아서 천천히 걸어가려고요.”

“아, 못 간다니까. 택시 타야 된다니까?”

또 우기기 시작한다. 상진은 빨리 이 인간으로부터 멀어지고 싶었다. 무시하기엔 두려웠고 존중하기엔 너무 가벼운, 이 불편한 존재로부터.

“우리 동네는 택시가 많이 없는데 어떻게 가지? 콜 번호 알아요?”

“아니요.”

남자는 상진을 한심하다는 듯 바라보았다.

“참, 나. 아니 그런 준비도 안 하고 여행을 와요?”

상진은 택시 콜 번호 하나 몰라서 순식간에 세상에서 가장 한심한 놈이 되었다. 확실히 오늘 일진이 좋은 건 아닌 듯 했다. 뭔가 잘못 걸려도 단단히 잘못 걸린 것이다. 남자는 주머니에서 휴대폰을 꺼내 어디론가 전화를 했다.

“여보세요? 지금 추봉에 택시 있어요?”

자신의 일로 통화 중이라는 걸 안 상진은 깜짝 놀라 말렸다.

“아, 괜찮아요! 걸어간다니까요.”

남자는 상진의 말은 개의치 않고 통화에 열중했다.

"없어요? 하나도?"

전화를 끊고 다른 곳으로 전화를 하는 남자를 다시 말렸다.

"진짜 괜찮다니까요."

남자는 괜찮다는 듯 고개를 끄덕여 보이며 입을 열었다.

"여보세요? 네, 형님! 형님 지금 어디에 계세요? 네? 산에 올라 가셨어요? 그래요? 아니, 추봉에 지금 차가 없다고 그래서. 아니요, 저 말고 서울서 오신 손님이 있어서요. 아니에요, 그럼. 됐어요. 다시 전화 할게요. 네!"

남자는 전화를 끊고 상진에게 걱정 말라는 듯 말했다.

"걱정 말아요. 택시 올 때까지 같이 기다려줄게요."

이렇게 눈치 없는 인간들은 정색을 하고 싫다고 해야 알아 듣는다. 하지만 상진은 남자에게 정색을 할 자신이 없었다. 폭행이나 살인으로 감방에 다녀왔는지도 모르잖은가.

"아, 진짜 괜찮아요, 진짜! 시간도 많은데 바람 쐬면서 걸어 갈게요."

"괜찮아요. 나도 남는 게 시간인데 뭘."

상진은 답답해서 죽어버릴 것 같았다. 세상에 이렇게 눈치 없는 인간은 처음 보았다. 어차피 자기 맘대로 하는 인간이라 는 걸 깨달은 상진은 말리는 걸 포기하고 물었다.

"그런데 추봉까진 얼마나 더 가야하나요?"

"한 시간 정도?"

지옥 같은 시간이 한 시간이나 남았다는 사실에 상진은 깜짝 놀랐다.

"네? 그렇게 멀어요?"

"농담이에요. 다 왔어요. 내려요."

"네? 내, 내려요? 지금?"

"얘기하다보니 다 온 줄도 몰랐네."

상진은 창밖을 돌아보았다. 마을 입구가 있었고 길 건너편에 택시가 한 대 서 있었다. 상진은 남자로부터 떨어질 기회라는 생각에 마음이 급해졌다. 남자도 택시를 봤는지 큰소리로 외쳤다.

"어! 잘 됐다! 저기 택시 있네."

버스가 서자마자 상진과 남자가 뛰어내렸다. 굼뜬 버스가 지나가길 기다려 길을 건너려는데 누군가 먼저 택시에 올라타는 것이 보였다.

상진은 택시에 오르고 있는 놈의 멱살을 잡아 길에 내동댕이치는 상상을 했다. 상진에게 택시는 그냥 택시가 아니었다. 이 불편한 세계로부터 벗어나는 유일한 탈출구였다.

"아이 씨, 누가 탔네. 간발의 차이네, 간발의 차이야. 아깝네. 여긴 택시 언제 올지 모르는데."

"그, 그래요? 그럼 전 걸어갈게요. 어느 방향으로 가야 되죠?"

"아이 진짜! 못 간다니까 그러네? 정 갈 거면 내가 같이 가줄게요."

그럴 일은 절대 없을 것이다.

"아니에요. 혼자 가면 되죠 뭐."

"멀다니까. 내가 같이 기다려줄 테니까 있어 봐요. 왜 자꾸 걸어간다고 그래?"

"괜찮아요. 추운데 먼저 들어가시죠."

남자는 주머니에서 담배를 꺼내 입에 물고 불을 붙였다.

"아, 오랜만에 사람하고 얘기하니까 재밌네, 재밌어. 나도 얘기도 할 겸 같이 있어줄 테니까 기다려 봐요."

남자가 담배를 권했지만 상진은 거절의 의미로 손을 흔들며 말했다.

"괜찮아요."

"왜요? 담배 안 펴요?"

"끊었어요."

남자는 깜짝 놀랐다. 자신으로서는 상상도 해본적도 없는 일이라는 듯 정말 놀란 표정이었다.

"네에? 담배를 끊어요? 아, 못 살겠네. 그걸 어떻게 끊어요?"

남자는 바짓단을 끌어올려 쪼그려 앉으며 말을 이었다.

"담배 끊은 사람하고는 상종도 말라고 하던데 미치겠네."

담배 연기를 길게 내뿜었다. 맛있다는 듯 입맛을 다시던 남자가 물었다.

"나이가 어떻게 돼요?"

드디어 호구조사에 들어갔다.

"서른셋이요."

"네에? 저보다 세살이나 많네요?"

상진은 불행 중 다행으로 여겨졌다. 한국은 나이가 한 살이라도 많으면 어드밴티지가 작용되는 사회인데다, 특히 이런 시골일수록 나이 서열에 대한 강박이 심했기에 이 불편한 인간이 자신을 막 대하거나 하지는 않을 거란 막연한 기대를 했다.

"아, 그래요?"

"완전 동안이시네, 동안이야. 난 뭐 대학생이나 되는 줄 알았구만."

"대학생이요?"

"그럼 말씀 편하게 놓으세요."

"네?"

"저보다 형님이잖아요."

상진은 이렇게 초면부터 형님 동생 하는 부류를 믿지 못했다. 이런 인간들일수록 상황에 따라 등을 돌리는 것도 순식간이다.

“형님이요? 에이, 형님은 무슨.”

남자는 담배를 피다가 불현 듯 상진의 신발을 가리키며 핀 잔을 주었다.

“어? 형님! 이게 뭐에요?”

“예? 뭐가요?”

신발을 보니 끈이 살짝 풀려 있었다. 별것도 아닌 것 가지 고 호들갑이다.

“거 참, 나이도 자실만큼 자신 분이 끈도 하나 제대로 못 묶 어요? 서른셋씩이나 되가지고.”

아까는 택시 콜 번호 모른다고 한심한 놈을 만들더니 이번 엔 신발 끈 좀 풀린 걸 가지고 등신으로 만들었다.

“언제 풀어졌지?”

상진이 다시 묶으려고 하자 남자가 상진의 손을 쳐내며 자 신이 직접 신발 끈을 잡았다.

“놔둬요. 제가 해줄게요. 이건 제가 아주 잘…….”

“아, 아니에요. 됐어요, 됐어.”

상진은 당황스러워 발을 빼려했지만 남자가 붙잡는 바람에 움직일 수가 없었다. 남자는 담배를 입에 문 채 상진의 신발 끈을 묶기 시작했다.

“걱정 말라니까요.”

“아니 진짜 제가 묶을게요.”

담배를 입에 문 채 올려보는 남자의 표정에 상진은 몸이 살짝 굳었다. 그가 인상을 쓰며 노려보았기 때문이다.

"거 참! 쯧."

남자는 몸이 굳은 상진의 신발 끈을 다시 묶으며 물었다.

"하루에 리본 천 개 묶어본 적 있어요?"

상진은 남자의 인상 한 번에 몸은 물론 입까지 굳어버린 자신에게 실망했다. 혀가 굳어서 입이 열리지 않았다.

"내가 감방에서 묶은 것만 몇 만 개……. 아니다, 몇 백 만 개 될 걸? 노역을 리본공장으로 나갔거든요. 그런데 이게 묶다보면 또 은근 재밌어. 더 잘하고도 싶고. 자! 다 됐어요."

남자는 다 묶은 신발 끈을 보란 듯이 상진에게 가리켜 보였다.

어릴 때 어머니가 매 준 이후로 누군가 대신해서 신발 끈을 묶어 준 것은 처음이었다. 역시나 사람을 참 불편하게 만드는 재주가 있다.

"고, 고마워요."

남자는 기대하는 표정으로 상진에게 말했다.

"아니, 리본을 봐야죠, 리본을."

상진은 발을 살짝 들고 신발을 내려 보았다. 신발에 어울리지 않을 정도로 신발 끈은 정갈하고 큼지막하게 묶여있었다. 굼벵이도 구르는 재주가 있다더니.

남자는 갑자기 벌떡 일어나 건너편을 바라보았다.

"안녕하세요?"

피우던 담배를 뒤로 감추고 길 건너 지나가는 아주머니를 향해 예의바르게 인사했다. 반기는 남자와는 달리 아주머니는 그를 반갑게 맞이하는 분위기는 아니었다.

"언제 나왔어?"

아주머니의 심드렁한 질문에 남자는 여전히 상냥한 표정으로 대답했다.

"며칠 안 됐어요."

아주머니는 형식적으로 고개를 끄덕이고는 가던 길을 갔다.

"들어가세요!"

남자는 상대가 받지도 않는 인사를 하고는 다시 쪼그리고 앉아 담배를 물며 말했다.

"우리 이모. 졸라 못 생겼죠? 아무리 친척이래도 아닌 건 아닌 거지."

남자는 상진을 힐끗 보고는 물었다.

"근데 거기 얼마나 있는 거예요?"

"글쎄요. 잘 모르겠어요."

"그럼 밥은 어디서 먹어요?"

"그냥 조금 챙겨왔어요."

남자가 순간 눈빛을 빛내며 말했다.

“형님, 먹을 것 없으면 제가 언제 뭣 좀 가지고 올라갈까요?”

“네? 아, 아니에요.”

“아니, 거기서 고기도 구워 먹고 그러면 좋잖아요. 거기 바비큐장도 있고.”

“아, 아니에요. 정말 괜찮아요. 일 하러 일부러 온 건데요. 일 해야죠.”

“아이, 사람이 일도 쉬어가며 해야지. 안 그래요?”

“그야 뭐…….”

“형님, 혹시 배고파서 내려와서 밥 먹을 거면 차라리 나한테 얘기해요. 여기는 뜨내기들 장사라 맛대가리 없어요.”

“네.”

남자는 주위를 둘러보며 말했다.

“오늘따라 이상하게 택시가 더 없네?”

“먼저 들어가세요.”

“아니에요. 내가 이렇게 해줘야 나중에 서울 가서 연락하면 또 도움 주고 할 거 아닙니까?”

상진은 자신이 뭘 두려워했던 것인지 그제야 깨달았다. 남자는 담배를 끄고 입맛을 다시며 말했다.

“아, 갑자기 먹을 거 얘기하니까 술이 땅기네.”

남자는 갑자기 신이 난 듯 말을 이었다.

"술 좋아해요? 술?"

"술이야 뭐……."

"올라가기 전에 막걸리 한 잔 어때요? 여기 막걸리는 먹을 만한데."

"아, 아니에요 일 해야 되니까."

"와, 이렇게 같이 기다려 주는데 술 한 잔 안 사고. 진짜 서울 사람들은 깍쟁이야, 깍쟁이."

건너편을 보던 상진은 다가오는 택시를 보며 진심을 다해 반갑게 외쳤다.

"아, 택시 온다!"

상진의 말에 남자도 벌떡 일어나 택시를 불렀다.

"택시!"

남자는 길 중간까지 나가 택시를 거의 막아서듯 잡았다. 상진은 택시가 사라져버리기라도 할까봐 바로 달려가 뒷좌석에 올라탔다.

"어디가세요?"

상진이 대답하기도 전에 남자가 먼저 조수석 창문으로 고개를 디밀고 대답했다.

"아저씨, 백태계곡 앞에 펜션 알죠?"

기사가 잠시 생각하는 듯하더니 대답했다.

"휴양림에 있는 거요?"

“네, 거기요.”

상진은 드디어 남자와 떨어질 수 있다는 생각에 진심으로 감사한 마음으로 남자에게 가볍게 목례를 했다. 택시가 출발하려고 할 때 남자가 다급히 말했다.

“형님! 혹시 배고프거나 술 땅기면 전화해요!”

“네?”

“전화번호! 전화번호 줄게요.”

“네? 전, 전화번…….”

“전화기 줘 봐요.”

상진은 자신도 모르게 주머니 속의 전화기를 꺼내려다가 문득 정신을 차렸다.

“아, 전화기 배터리가 다 닳았는데.”

남자가 알아듣기를 바라며 큰소리로 중얼거렸지만 그는 여전히 상진을 바라보고 있었다. 아무래도 이대로는 떨어뜨리기 힘들 것 같았다.

“아, 펜이 있나? 펜이……. 펜을 안 가져왔나?”

상진은 가방을 뒤지는 척하며 남자를 힐끗 봤지만 그는 여전히 눈을 말똥말똥 뜨고 기다리고 있었다.

“이거 어쩌나? 펜이 없는 것 같은데.”

그때 택시 기사가 글러브박스를 열어 상진에게 볼펜을 꺼내 건넸다.

“펜 여기 있어요.”

“감, 감사합니다.”

상진이 볼펜을 받아들려고 하자 남자가 가로채며 말했다.

“학수에요.”

“네?”

남자는 상진의 손바닥을 잡고 전화번호를 써주며 말했다.

“제 이름이 학수라고요.”

“아, 네.”

“술 땅기면 연락해요.”

“네, 감사합니다.”

택시가 출발하려고 할 때 학수가 한마디했다.

“잠깐! 수고비 안 줘요? 수고비?”

“수, 수고비요?”

“하하, 농담이에요 농담. 가세요! 깍쟁이 형님!”

학수가 창문에 머리를 빼고 나서야 택시가 출발할 수 있었다. 사이드 미러로 뒤를 보자 계속 택시를 바라보고 서있는 학수의 모습이 보였다. 상진은 고개를 설레설레 흔들며 창밖 풍경으로 시선을 돌렸다.

2. 맨션

상진은 안도의 한숨이 나왔다. 불편한 가시 방석을 길바닥에 던져놓은 기분이었다. 손바닥에 적혀 있는 전화번호를 보았다. 볼펜으로 쓴 글씨였지만 정성을 들였는지 진하게 남아 있었다.

"휴……."

기사가 룸미러로 상진을 힐끗 쳐다보며 말했다.

"여기 사람들 정말 친절하죠?"

기사의 질문에 상진은 눈을 감았다. 왜 여기 사람들은 모두 말을 걸지 못해 안달이 난 사람들처럼 구는 걸까. 그에 대한 답은 기사가 바로 알려주었다.

"여기 사람들은 사람들을 많이 못 봐서 외지사람들 오면 엄청 좋아해요."

"그렇군요."

"좋아는 하는데 너무 좋아해서 여름에 계곡에 놀러들 오면

술 먹고 싸움도 엄청 붙지. 하하.”

상진은 창밖의 풍경은 산 말고는 보이는 게 거의 없다 보니 슬슬 질리기 시작했다.

“그런데 기사님, 이 안 쪽으로는 집들이 없나요?”

“네, 좀 전에 차 타신 데가 제일 가까운 데에요. 예전에는 사람이 좀 살았었는데 산도 너무 깊고 하니까 다 빠져나가고 없지 뭐. 휴양림도 태풍에 망가져서 문 닫은지 오래고.”

“어? 그럼 슈퍼도 없어요?”

“좀 전에 차 타신 데 하나 있는데, 거기가 제일 가깝죠.”

“그래요? 그럼 펜션에서 슈퍼까지 걸어가면 얼마나 걸려요?”

“한 삼사십 분?”

“걸을 만하네요.”

“걸을 만하죠. 지금은 걸을 만한데 눈이 많이 오면 힘들죠. 여기가 눈이 한 번 왔다 하면 워낙 많이 오는 지역이라.”

택시가 안쪽으로 들어갈수록 쌓인 눈의 양이 점점 더 많아졌다. 정말 눈이 오면 도로가 막힐 수도 있겠다 싶었다.

“이런 산골까지는 어쩐 일이세요?”

직업과 나이, 이곳에 온 이유를 A4 한 장에 요약해서 들고 올 걸 그랬다. 의무도 없는데 만나는 사람마다 설명을 해야 한다는 게 자꾸 신경을 건드렸다. 글을 쓰러왔다고 하면 신기

해 할 거고 그러면 질문도 늘어나겠지.

"그냥 좀 쉬러 왔어요."

"이 겨울에요?"

이런 젠장. 무슨 대답을 해도 이 동네 사람들의 질문을 막을 수는 없을 것이다.

"네, 좀 쉬어야 할 것 같아서."

"많이 지치셨나 보네요."

"대부분 그렇게 사니까."

"여기 오시는 서울 분들 보면, 쉬는 것도 일하는 것처럼 하고 가시더라고요. 무조건 빨리빨리."

세상은 바쁘게 돌아간다. 그 속에서 살아가는 사람들도 빠르게 돌아가고 그건 결국 체화되어 버린다. 결국 천천히 사는 방법을 모르게 된다.

"자, 다 왔습니다."

창밖으로 나란히 서 있는 건물 세 개가 나타났다. 고요해 보이는 모습이 설경과도 제법 어울렸다. 상진은 택시에서 내려 펜션을 바라보았다.

"즐거운 시간 되세요!"

기사는 인사를 남기고 눈길 속으로 사라졌고 이젠 상진 혼자 남았다. 혼자 남으니 좀 전에 느껴졌던 한적함보다는 적막함이 느껴졌다. 펜션 마다 붙어있는 바비큐 장은 폐장한 놀이

공원처럼 텅 비어 있었고 그 옆으로 길이 나 있었다. 펜션 뒤로는 산이 병풍처럼 둘러싸여 있어서 전쟁이 나도 안전할 것 같았다.

상진은 계단을 올라 펜션 문을 잡아당기다 뭔가 생각난 듯 현관 앞 계단 밑을 살펴보았다. 들은 대로 열쇠꾸러미가 놓여 있었다.

펜션 안으로 들어서자마자 머리에 걸리는 거미줄 때문에 욕이 튀어나왔다.

"에이 씨."

머리를 터니 뭔가가 바닥에 툭 떨어졌다. 거미였다. 바닥에 떨어진 거미는 잠시 몸부림을 치다가 몸을 일으켜 필사적으로 도망을 쳤지만 얼마 가지 못해 상진의 발에 밟혀 뭉개지고 말았다.

상진은 신발을 바닥에 대충 털어내고 안으로 들어섰다. 펜션 안은 복층구조로 되어 있어 거실 천정이 높아 전체적으로 넓어보였다.

상진은 2층으로 향하는 계단을 오르며 천천히 펜션을 살펴보기 시작했다. 펜션을 많이 다니진 않았지만 그동안 가봤던 펜션 중에는 가장 넓고 큰 것 같았다.

2층 방 장식장 중단 서랍에는 아직 사용한 것 같지 않은 제법 큰 구급상자가 들어있었고 그 옆엔 저렴해 보이기는 하지

만 필터까지 달려 있는 방독면까지 갖춰져 있었다. 엄청 꼼꼼한 분들이라는 얘기가 새삼 떠올랐다. 구급상자가 있을 거라곤 생각지도 못했지만 사실 이렇게 시내와 동떨어진 곳일수록 구급상자의 역할은 더 중요할 듯 했다.

"대단하시네."

그는 서랍을 닫고 다른 곳을 살피러 나갔다. 2층 한 가운데에는 작은 책상과 침대가 놓여있어 이국적인 느낌마저 주었다. 사람이 거의 찾지 않을 듯한 이런 곳에 이런 훌륭한 펜션이 있다는 것이 신기할 정도였다.

*　　*　　*

글을 쓰는 일은 사실 시간이 얼마나 걸릴 지 알 수 없는 일이다. 책상 앞에 앉아 노트북을 켜고 파일을 연 후 바로 키보드를 치기만 하면 1분 안에 해결될 수도 있는 일이지만 아무리 써보려고 해도 몇 날 며칠을 한 줄도 쓸 수 없는 일일 수도 있다. 공장에서 신발을 만들어내듯 글도 찍어낼 수만 있다면 상진이 이 먼 곳까지 찾아올 일도 없었을 것이다.

영감이 떠오르면 길에 굴러다니는 쓰레기를 주워서라도 메모를 하게 되지만 그게 아니면 언제나 준비가 길게 마련이다. 공부를 해야 할 때, 책상 정리를 하고 간식을 챙기고 밀린 일

51

기를 쓰는 것처럼 말이다. 그래서 펜션에서 상진이 가장 먼저 한 일이 가져온 음식을 정리하는 것이었다.

부엌으로 간 상진은 휴대폰으로 조용한 피아노곡을 틀어놓는 것부터 시작했다. 원래는 마음을 차분하게 하고 영감이 떠오를 수 있도록 준비한 곡인데 그냥 틀어두기로 했다. 조용한 펜션은 상진에게 별 도움이 되지 않았기 때문이다.

가방을 열고 메모를 꺼내 보기 편한 곳에 붙였다. 「덴마크 다이어트 식단」이라고 적힌 메모는 그가 이곳에서 글을 완성할 때까지 지켜야 하는 규칙 중에 하나였다. 먹거리가 사방에 널린 서울이었다면 딱히 성공할 거란 확신을 하진 않았겠지만, 이렇게 외진 곳이라면 따를 수밖에 없을 거란 계산이 있었기에 이참에 다이어트나 해 볼 요량이었다.

메모를 보며 음식들을 가지런히 배치하고 순서대로 냉장고에 넣어 두었다. 불현듯 북극이나 남극에서도 냉장고가 필수라는 다큐멘터리 내용이 떠올랐다. 상식적으로는 이해가 가지 않았지만 내레이터는 아주 명쾌하게 얘기를 해 주었다.

"밖의 온도가 영하이기 때문에 음식을 얼리지 않으려면 냉장고가 필요한 것이다."

이곳 강원도의 겨울에도 냉장고는 필수일 것이다.

마지막으로 가방에서 와인을 꺼내들었다. 「돔페리뇽」. 상

진이 가장 좋아하는 와인이었다. 평소에도 와인을 마시긴 하지만 마니아처럼 와인만 고집하는 것은 아니었다. 하지만 펜션에서라면 왠지 기분을 좀 내는 것도 좋을 듯해서 싸들고 온 것이다. 그리고 와인의 단짝, 와인 잔도 같이.

상진은 중요한 손님을 위한 식탁을 차리듯 책상 위에 와인과 와인 잔을 놓고 그 옆에 재떨이를 놓았다. 한걸음 물러서서 지켜보던 상진은 담배 한 개비를 꺼내 재떨이 위에 올려두고는 다시 한 걸음 물러나서 바라보았다. CF에 나오는 유명 작가의 책상과 비슷해 보여 만족스럽게 웃었다. 잠깐, 정작 중요한 건 빼먹었다.

상진은 가방에서 노트북을 꺼내 정성스럽게 책상의 한 가운데 내려놓았다. 노트북 대신에 타자기가 있었으면 좀 더 그럴 듯하게 보였겠지만 요새 타자기를 쓰는 작가는 없었기에 이 정도면 작가 책상으로서 손색이 없었다.

준비는 완료되었지만 당장 글을 쓰고 싶은 생각은 없었다. 창밖을 보니 설경이 꽤나 예쁘게 보였다. 밖에 나가면 추위 때문에 아름다움 따위는 전혀 눈에 들어오지 않겠지만 말이다.

부엌으로 내려가 주전자에 물을 담아 렌지에 올렸다. 물이 끓기를 기다리며 창밖을 바라보았다. 상진이 있는 펜션 옆으로 똑같은 모양의 펜션 두 동이 나란히 보였다. 며칠

묵게 될 텐데 이 동네 지형은 좀 알아둬야겠다는 생각이 들었다.

뜨거운 물로 머그컵에 커피를 내리고 테라스로 나가 커피 향을 음미하며 멀리 보이는 산을 바라보다 재킷을 걸치고 아예 밖으로 나섰다. 손등과 손바닥을 번갈아 컵에 대며 옆 동의 펜션으로 걸어갔다.

창문에 코를 대고 안을 들여다보았지만 당연하게도 텅 비어있었다. 상진은 커피를 후루룩 한 모금 마시고 가장 끝에 있는 펜션으로 걸어갔다. 여기도 잠겨 있을 것이 뻔하기 때문에 한 바퀴 빙 돌아볼 요량으로 펜션을 끼고 돌아섰다. 세 번째 펜션 옆에는 툭 튀어나온 구조에 문이 하나 달려 있었다. 문을 열어보니 오래되어 보이지 않는 보일러가 있었다. 모양만 봐서는 가스보일러인지 기름보일러인지는 알 수 없었지만 이런 산간까지 가스가 들어오진 않을 거라 생각했다.

문을 닫고 뒤쪽으로 가니 장작더미가 쌓여있었다. 요새는 가스보다 장작이 더 비싸다던데 아마도 이 앞마당에서 분위기 잡고 노래할 때 사용하는 데코레이션용 장작인 모양이었다. 그때 기척이 느껴져 돌아보니 너구리가 상진을 빤히 바라보고 있었다.

“야, 어디 가!”

상진이 다가가자 너구리는 재빨리 몸을 돌려 도망치기 시작했다. 상진은 커피가 쏟아질까 한 모금 후루룩 마시고는 너구리가 뛰어간 방향을 따라 걷기 시작했다. 딱히 쫓으려는 것은 아니었지만 제풀에 놀란 너구리는 숲을 향해 벌써 멀리 달아나고 있었다. 상진은 정리하지 않아 막자란 잡초 사이를 헤치고 걷다 뭔가 부러지는 소리와 함께 발이 빠졌다.

갑자기 땅이 꺼지는 바람에 커피를 쏟을 뻔했지만 간신히 균형을 잡고 버텼다. 발을 조심스럽게 들어 보니 귀퉁이가 부서진 낡은 문짝이 풀에 가려진 채 비스듬히 놓여있었다. 처음엔 버려진 문짝인 줄 알았으나 한걸음 물러서서 보니 창고 출입구 같았다. 낡고 부서져 있어서 그냥 열릴 줄 알았는데 자물쇠로 단단히 잠겨 있어 열리지 않았다.

상진은 커피 잔을 한쪽에 내려놓고는 조심스럽게 무릎을 꿇고 문틈을 바라보았다. 역시나 텅 빈 펜션처럼 창고 안도 어두워서 하나도 보이지 않았다. 갑자기 궁금증이 동한 나쁜 짓을 하려는 사람처럼 주변을 한 번 둘러보고는 문틈에 손을 넣어 양쪽으로 힘을 줘서 벌리려했다.

'탕!'

갑작스런 소음에 상진은 깜짝 놀라 주변을 둘러보았다. 사방이 산이었기 때문에 어디서 나는 소리인지 방향을 가늠할

수가 없었다. 한참을 귀를 기울이고 있었지만 더 이상 소리가 나지 않았다. 상진은 다시 문틈에 손을 넣으려는데 또 다시 '탕!' 소리가 들렸다.

이건 분명 총소리였다.

순간 상진의 몸도 경직되었다. 이렇게 산이 많은 곳에는 사냥꾼이 있을 수도 있다는 생각은 했지만 서울에선 들을 수 없는 위험한 소리였기에 일단은 펜션으로 돌아가는 게 좋겠다는 생각이 들었다. 멕시코에서 어떤 사람이 집에 들어가다 갑자기 죽었는데, 원인은 축제 때 하늘에 쏘아 올렸던 총알에 맞은 것이었다. 지금 상진에게도 그런 일이 일어나지 말란 법은 없었기에 커피를 챙겨 들고 재빨리 펜션으로 향했다.

상진은 뒤를 힐끗 돌아보며 빠른 걸음으로 펜션으로 들어와 문을 잠그고 창문을 통해 밖을 살폈다. 귀를 기울였지만 더 이상 총소리는 들리지 않았다. 상진은 감시하듯 밖을 더 살피고 나서 그제야 안심이 되는 듯 책상 앞에 앉았다.

책상에 앉은 상진은 노트북을 잠시 바라보다 휴대폰을 꺼내들고 게임을 시작했다. 이 또한 글을 쓰기 위한 사전 단계였다. 창밖은 어느새 어둠이 깔렸고 상진은 글을 쓰기 위한 최적의 상태로 세팅이 된 책상에 앉아 밤늦도록 게임에 열중했다.

3. 악몽

상진은 나무에 걸려 있는 눈꽃을 향해 카메라 렌즈를 돌렸다. 아침에 일어나 창밖을 보니 숲속의 설경이 그럴 듯하여 카메라를 들고 일찍 나선 것이다.

상진은 카메라 액정을 보며 예상대로 꽤나 쓸 만한 사진을 건졌다는 생각을 했다. 어떤 사진 전문가가 이런 말을 했다.

"좋은 카메라는 피사체를 예쁘게 보이게 하는 것이 아니라 있는 그대로를 보이게 하는 것이다."

상진은 아직 그런 심오한 경지까지는 아니었지만 자신의 눈으로 좋은 느낌을 받은 피사체가 사진에서도 비슷하게 느껴지면 만족스러웠다. 그런 의미에서 오늘 아침의 사진들은 대부분 만족스러웠다. 상진은 앞서 찍었던 사진을 쭉 다시 살펴보았다. 벌써 수십 장의 사진을 카메라에 담았지만 질리지가 않았다.

한동안 그렇게 자신이 찍은 사진에 빠져 있는데 갑자기 부스럭거리는 소리에 놀라 고개를 들었다. 상진은 소리가 나는 쪽을 살펴보았다. 가만 보니 산토끼 한마리가 풀숲 속에서 입을 오물거리며 상진을 빤히 바라보고 있었다. 상진은 자신도 모르게 미소가 지어졌다. 이런 상황이 새롭고 신비로운 기운을 주었기 때문이다.

상진은 이 순간이 깨질까 조심조심 카메라를 들어올렸다. 그때 고즈넉한 정적을 깨는 휴대폰 벨소리가 울렸다. 벨소리는 숲이 고요한 만큼 멀고 깊게 울리는 듯 했다.

토끼는 깜짝 놀라 도망쳤다. 상진은 재빨리 셔터를 눌렀지만 토끼는 이리저리 뛰며 이미 숲 속으로 달아난 후였다. 상진은 입맛을 다시며 휴대폰을 꺼내들었다.

"여보세요? 네, 도착했어요. 어제는 정신이 없어서 전화 못 했어요. 네, 말씀하신 대로 키는 계단 밑에 있더라고요. 여기요? 좋아요. 공기도 좋고 경치도 좋고. 대표님, 그런데 부모님께서 언제까지 비우시는 건가요? 두 달이요? 그럼 당분간 영업도 안 하시는 거죠? 네? 아, 아뇨, 아뇨. 두 달 동안 있겠다는 게 아니라. 아, 네. 아마도 이번 달까지는 어떻게 되지 않을까 싶습니다만. 네? 된 거라도 먼저요? 에이, 대표님. 일 년을 기다리셨는데 그렇게 끊어서 보시면 아깝잖아요. 거의 다 끝나가니까 조금만 기다려주세요. 네, 네. 그럼요. 하하, 지금 덴마크 다이어트도 하려고 계란이랑 다

준비해왔어요. 그런데 진짜 이거 하면 정신이 맑아져요? 진짜요? 하하. 네, 알았어요. 아! 그리고 샴페인 잘 받았어요. 영화 미저리에 나오는 것처럼 해놨는데 진짜 미저리 나오는 것 아닌가 몰라. 아, 그건 다 쓰고 기분 좋게 마셔야죠. 여보세요?"

상진은 휴대폰을 잠시 눈으로 확인하고 다시 귀에 댔다.

"아니요. 아직 안 마셨어요. 여보세요? 아직 안 마셨다고요."

상진은 쓸데없는 짓인 줄 알면서도 휴대폰을 한 번 세게 흔들고는 다시 귀에 가져갔다.

"여보세요? 자꾸 끊겨요, 대표님. 여보세요?"

휴대폰을 보니 액정의 전파 세기를 나타내는 안테나 표시가 거의 없어져 있었다.

"왜 이렇게 전화가 안 돼?"

상진은 대표에게 전화를 걸었지만 먹통이었다.

휴대폰의 안테나 표시를 보며 방향을 이리저리 돌리던 상진은 숲속 깊은 곳에서 뭔가 이질적인 것을 발견하고 시선을 멈췄다. 뭔지는 정확히 알 수 없었지만 숲과 어울리지 않는 것만은 분명했다. 상진은 시선을 고정한 채 조심스럽게 다가갔다. 상당히 가까워져서도 그게 자동차인지 알아보기까지는 시간이 걸렸다. 이렇게 외진 곳까지 차가 들어와 있을 거라곤 생각지도 못했기 때문이다.

여기저기 페인트가 벗겨진 4륜구동 한 대가 숲속에 숨은 짐승처럼 웅크리고 있었다. 상진은 버릇처럼 주변을 한 번 둘러보고는 차에 바짝 다가가 차 안을 살펴보았다. 내부가 너저분하긴 했지만 버려진 차 같지는 않았다. 빙 돌아가며 차 안을 살피다 뒤쪽 창으로 톱과 낫, 그리고 용도를 알 수 없는 도구들과 함께 자루가 뒤엉켜 있는 것이 보였다.

상진은 섬뜩한 느낌에 그제야 차 곳곳을 찬찬히 살펴보았다. 그리고 페인트가 벗겨진 부분이 사실은 피가 말라붙은 흔적이라는 것을 알고는 자신도 모르게 한 발짝 뒤로 물러섰다. 깊은 산속에서 이렇게 피 묻은 차를 만나는 건 아무래도 기분 좋은 일은 아니었기 때문이다. 상진은 차가 처음부터 아예 없었던 것처럼 고개를 돌리고 걷기 시작했다. 차로부터 무조건 멀어지기만 하면 일단은 안심이 될 것 같았다.

상진은 허겁지겁 걷다 인기척에 고개를 들어 앞을 보았다. 남자 두 명이 상진을 바라보고 서있었다. 상진은 너무 놀라 자신도 모르게 걸음을 멈췄다. 다행인지 모르겠지만 비명을 지르지는 않았다.

한 명은 조끼 차림으로 검붉은 광목천으로 싼 기다란 막대 같은 것을 들고 있었고 한 명은 낡은 야상을 입고 가마니 자

루를 들고 서 있었다. 남자들의 표정을 보니 놀란 것은 상진 뿐 만이 아닌 듯 했다. 그들도 약간은 놀란 얼굴이었기에 상 진도 조금은 안심했다.

상진은 최대한 자연스럽게 휴대폰을 꺼내 발신자번호를 확인하고 통화를 시작했다. 물론 귀에는 아무것도 들리지 않았다.

"어! 그래. 잘 도착했어. 그냥 바람 쐬러 나온 거지. 무슨 일 있는 건 아니고. 그래, 넌 별 일 없지? 응, 그렇구나."

상진은 자연스럽게 굴며 남자 둘을 지나쳐 갔다고 생각했다. 지나치며 그들을 힐끗 쳐다봤을 때 그들도 서로 눈짓을 하며 상진을 힐끗 쳐다보는 것이 느껴졌다.

순간 상진의 심장이 덜컥 내려앉았다. 자신도 모르게 걸음이 점점 빨라졌고 통화 연기를 하는 목소리도 점점 빨라졌다. 혼자서 전화 통화하는 척하는 것은 안 해 본 사람들은 모른다. 얼마나 가상의 상대와 대화를 이어나가는 것이 힘든 일인지.

"날씨가 엄청 춥네. 경치는 좋고, 소나무도 많고 그래 여기는."

눈에 보이는 걸 계속 묘사하는 것 말고는 아무것도 생각나지 않았다. 상진은 이정도면 충분히 멀어졌을 거란 생각에 조심스럽게 뒤를 돌아보았다.

뒤를 본 상진은 거의 주저앉을 뻔했다. 바로 뒤에 남자 둘이 바짝 붙어 서있었기 때문이다. 상진은 하마터면 휴대폰을 떨어뜨릴 뻔했다.

"왜, 왜요?"

조끼를 입은 남자가 상진을 빤히 보며 물었다.

"여기 휴대폰 터져요?"

"네? 네."

남자는 손을 내밀며 한 걸음 다가섰다.

"그럼 한 통화만 좀 씁시다."

상진은 자신도 모르게 한 걸음 물러서며 말했다.

"아, 네, 잠시만요."

상진은 남자들의 눈치를 보며 휴대폰에 대고 말했다.

"아, 잠깐만. 내가 좀 있다가 바로 전화할게."

상진은 일부러 큰소리로 말하고는 조끼 입은 남자에게 휴대폰을 건넸다. 남자는 상진의 휴대폰을 한 번 보고 상진을 바라보며 고개를 갸웃거렸지만 전화를 걸었다.

상진은 저들이 자신의 휴대폰이 안 된다는 것을 알게 되면 어떻게 될지 상상하며 불안하게 그들을 주시했다. 야상을 입은 남자의 손에 들린 자루 끝에서 피가 똑똑 떨어져 그의 전투화에 떨어지고 있었다. 상진은 놀라 야상 입은 남자를 바라보았다. 하지만 남자는 초점 없는 시선으로 상진을 빤히 바라보고 있을 뿐이었다.

"뭐야? 안 터지는데?"

조끼를 입은 남자가 휴대폰을 흔들며 상진에게 항의하듯 물었다. 말이 짧은 것이 거슬렸지만 지금은 이들이 안전하게 자신을 그냥 놓아주기만을 바랄 뿐이었다.

"아, 그, 그래요? 이상하네? 좀 전에는 잘 됐었는데."

상진을 바라보던 남자는 못마땅한 표정으로 바라보다 상진에게 휴대폰을 건네주었다. 그는 야상을 입은 남자에게 자동차 쪽으로 고갯짓을 하며 먼저 걷기 시작했지만, 야상을 입은 남자는 여전히 피 흘리는 자루를 들고 서서 상진을 바라보았다.

"뭐해?"

앞서 가던 남자가 부르고 나서야 야상 입은 남자도 그를 따라 걷기 시작했다.

상진은 그제야 안도의 한 숨을 내쉬며 길을 가려는데 뒤에서 그를 부르는 남자의 목소리가 들렸다.

"이봐요!"

상진은 깜짝 놀라 뒤를 돌아보았다.

"네?"

"내려갈 거요?"

"네? 아, 아뇨, 아직은……."

“내려갈 거면 태워주고.”

상진은 세상에서 가장 상냥한 목소리로 대답했다.

“아, 아니에요. 괜찮습니다.”

“그래? 그럼 할 수 없고.”

남자들은 다시 차를 향해 발걸음을 돌렸고 상진은 그들로부터 멀어지기 위해서 최대한 빠른 걸음으로 반대편으로 향했다.

상진은 한참을 걷고 나서야 걷는 속도를 줄였다. 너무 빨리 걸어 정강이가 아파 잠시 눈이 없는 곳을 찾아 주저앉아 쉬었다.

전화도 안 되는 이런 깊은 산 속에서 낯선 이를 만나는 것도 불편한데 흉기를 차에 싣고 다니는 험상궂은 사내들을 만나는 건 무서운 일이었다. 아직도 그들이 들고 있던 피 흘리는 자루가 선명하게 기억났다.

마침 크기도 딱 사람 머리만한 크기였기 때문에 상진과 같이 상상력이 많은 사람은 더욱 겁이 났다. 설마 그럴 리는 없겠지 하면서도 자꾸 무서운 쪽으로만 생각이 들었다.

어딘가에서 나뭇가지가 부러지는 소리가 들렸다. 상진은 스프링처럼 벌떡 일어나 다시 빨리 걷기 시작했다. 분명 펜션에서 이렇게 멀리 왔을 리가 없는데 가도 가도 펜션이 나오지 않아 다시 겁이 나기 시작했다.

상진이 거의 패닉 상태에 빠지기 직전에 멀리 펜션이 보였다. 조금 과장되게 표현하자면 집에라도 온 것처럼 눈물이 났다.

펜션에 들어온 상진은 문을 걸어 잠그고 창문을 통해 주변을 둘러보았다. 한참을 둘러보았지만 아무것도 보이지 않자 그제야 안심하며 잠시 소파에 앉아 뭉친 다리 근육을 풀었다.

마음이 차분해진 상진은 덴마크 다이어트 식단에 따라 달걀과 커피 등을 들고 책상으로 향했다. 컴퓨터를 켜고 앉아 달걀을 까먹으며 커피를 마셨다. 생각난 김에 휴대폰을 꺼내들고 게임을 켰다. 손가락으로 같은 모양을 맞춰서 없애는 완전 단순한 게임이었지만 제법 중독성이 있어서 계속하게 된다. 상진은 이런 게임을 만드는 사람들을 항상 신기하게 생각했다. 사람의 취향을 어떻게 이렇게 콕 집어내고 거기에 맞춰서 게임을 만드는지 말이다. 자신도 사람들의 마음을 이렇게 알아낼 수 있다면 좋겠다고 생각했다.

상진은 노트북 폴더를 열어 작업하던 파일을 열었다.

「#98」

장면을 나타내는 저 숫자 아래로는 아무것도 없이 커서만 반짝이고 있을 뿐이었다. 자판에 손을 얹고 몇 글자를 적던 상

진은 백스페이스키를 눌러 다시 지우기를 여러 번 반복했다.

 접시에 손을 얹었지만 어느새 달걀은 하나도 없고 자몽 껍질만 남았다. 뭐든 좋은 건 빨리 소비되는 법이다. 애초에 먹는 걸 좋아하는 상진이 다이어트를 하겠다는 것부터 잘못된 건 아닐까 생각해 보았지만 이대로 몸이 망가지는 걸 그냥 두고 볼 수도 없는 일이었다. 그는 자신의 뱃살을 잡았다. 한 손에 푸짐하게 한 움큼 잡혔다. 그는 고개를 좌우로 흔들며 커피를 마시고는 노트북을 바라보았다. 반짝이고 있는 커서가 점점 거대해지는 것처럼 느껴졌다. 상진은 다시 휴대폰을 들고 게임을 시작했다.

 게임을 하던 상진은 불현 듯 이상한 느낌에 잠시 귀를 기울였다. 낮에 만났던 사내들도 그렇고 좀 예민해진 건 아닌가 싶었지만, 사람의 감이라는 건 가끔은 뛰어난 능력을 발휘하기도 한다. 아무런 이유 없이 느껴진 묘한 낌새에 온 신경을 기울이던 상진은 잠시 후 픽 웃으며 고개를 흔들었다.

 상진은 휴대폰을 내려놓고 노트북 자판에 다시 손을 얹었다.

「그는 말했다. "죽여주게. 며늘아기." 그 순간 아이스크림을 먹고 싶다는 생각도, 십억 원을 빨리 받아내야겠다는 생각도 순식간에 날아가 버렸다.」

 상진은 글을 쓰다말고 다시 백스페이스키를 연달아 눌러

문장 전체를 지워버렸다. 노트북 모니터를 바라보던 상진은 한숨을 내쉬며 일어났다. 이대로는 더 이상 진도가 나가지 않을 것 같았다. 그는 글이 잘 안 써지면 늘 그랬던 것처럼 기지개를 폈다. 몸을 스트레칭 하는 것도 좋았지만 전신의 안 좋은 기운을 쭉 끌어올려 손끝으로 뱉어내는 것이라고 생각했다.

그는 벌떡 일어나 2층 난간을 잡고 아래층을 내려다보았다. 작가라면 누구나 그렇듯 상진도 늘 서재를 갖고 싶어 했다. 이렇게 복층으로 되어 있는 서재라면 더 이상 바랄 게 없을 텐데. 그는 벽시계를 보았다. 벌써 오후 1시 25분이다.

한 것도 없는데 벌써 오늘도 하루의 절반이 날아가 버렸다. 글이란 건 조급해 하면 할수록 안 써지는 법이다. 상진은 최대한 조급해하지 않도록 마음을 다스렸다. 원래 한번 감이 오면 미친 듯이 써지는 것이 바로 글이란 것이니까.

상진은 한숨을 내쉬고는 아래층으로 내려가 먹을 것들을 주섬주섬 챙겨 창가로 갔다. 그리고는 창문턱에 걸터앉아 삶은 달걀을 툭툭 쳐서 껍질을 벗겨 냈다.

하얗고 탱글탱글한 달걀은 먹기 좋게 삶겨졌다. 상진은 만족스러운 얼굴로 한입에 털어넣으려고 크게 입을 벌렸다. 그때 덜컹거리며 산길을 내려가는 자동차 소리가 들렸다. 아침에 보았던 자동차가 펜션 옆길로 지나가고 있었다.

이제는 마음이 진정되었는지 아침과는 달리 그 차를 봐도 두렵거나 하지는 않았다. 상진에겐 언제나 처음 겪는 일에 대한 두려움이 있었다. 모험을 좋아하는 성격이라면 그런 걸 스릴로 즐기는 것이고 그렇지 않은 사람은 공포로 받아들이게 된다. 상진은 스릴을 즐기는 타입이 아니었기에 아침의 일에 두려움을 느낀 것이지만 지금 생각해 보면 너무 과한 것은 아닌지 하는 생각이 들었다.

달걀과 커피를 먹으며 주변 설경을 바라보았다. 여전히 예쁜 경치이기는 하지만 처음에 받은 감동에 비하면 많이 바래졌다. 어쩌면 조금은 지겨워진 듯도 하고. 바로 이런 이유로 이곳에 와서 글을 쓰겠다는 생각을 한 것이다. 달리 할 게 없으면 글을 쓸 수밖에 없을 테니 말이다.

*　　*　　*

창밖은 어느새 어둠이 깔렸다. 조용한 펜션은 노트북 자판을 두드리는 소리로 가득했다. 휴대폰 게임소리가 날 때와는 사뭇 다른 느낌이었다. 노트북 모니터에 온 신경을 집중하던 상진의 얼굴이 점점 밝아졌다.

바로 이런 것이다. 아무것도 안 될 것처럼 질질 끌리다가도 이렇게 한 순간에 봇물 터지듯 나오는 것이다. 이게 바로 글

쓰는 맛이 아닌가. 이 순간엔 그가 글을 쓰는 것이 아니라 글이 그를 끌고 가는 것이다. 상진은 흐름에 맞기고 손가락으로 표현만 해주면 된다.

「블레이드러너」라는 명작을 남긴 소설가 필립 K. 딕은 하루에도 60페이지가 넘는 글을 쓰곤 했다. 인간이 할 수 있는 일인가 의심해 본 적도 있지만 자신이 한 번 겪어본 이후엔 믿었다. 바로 그 '신들린 순간'을 말이다.

지금은 그 정도는 아니었지만 술술 잘 풀리는 것이 왠지 오늘 마무리를 할 수 있을 것 같은 좋은 예감이 들었다. 아니, 마음속으로는 이미 오늘 다 끝낼 거란 걸 알고 있었다. 상진은 열심히 두드리던 타이핑을 우뚝 멈추고 잠시 화면을 바라보았다.

마침표 뒤에 줄 바꿈을 몇 번 한 뒤 아주 천천히 여유를 부리며 키보드를 두드렸다.

「THE END」

상진은 그 화면을 빤히 바라보다 흐뭇한 표정으로 파일 저장을 했다. 저장은 한 번만 해도 된다는 것을 잘 알고 있었지만 혹시나 모를 불상사를 위해 몇 번이고 저장을 하고는 노트북을 껐다.

이제, 자유다.

상진은 침대에 누워 시계를 바라보았다. 새벽 3시 45분.

'신들린 순간'의 단점은 시간이 너무 빨리 소비된다는 것이다. 과속을 할 때 연료를 더 많이 불태워 버리는 것처럼 이 순간을 위해 시간을 모두 태워버렸다. 그 시간 또한 자신의 삶이기 때문에 때때로 아깝다는 생각이 들기도 했지만 자신이 좋아하는 일을 하는 것인 만큼 그 정도는 참고 넘겨야 한다는 사실 또한 잘 알았다.

"아, 배고파."

그놈의 덴마크 다이어트는 왜 한다고 했는지 순간 짜증이 확 올라왔다.

"에이, 누굴 탓해."

상진은 눈을 감았지만 잠이 잘 오지 않았다. 하지만 지금 뭘 먹으면 다이어트고 뭐고 다 끝이란 생각에 억지로 잠을 청했다.

얼마나 지났을까. 시계 초침 소리는 점점 커지고 급기야 온 머릿속을 헤집어 놓았다.

"이런 빌어먹을."

상진은 배고픔을 이기지 못하고 계속 몸을 뒤척거렸다. 그런데 잘못 들은 걸까. 현관 앞 데크가 삐걱대는 소리가 들리는 듯했다. 깜짝 놀란 상진은 눈을 번쩍 뜨고 밖에서 들리는 소리에 귀를 기울였다. 하지만 한참을 그렇게 귀를 기울였지만 소리는 다시 들리지 않았다.

상진은 다시 눈을 감았다. 그러자 다시 데크 밟는 소리가 또 들렸다. 상진은 아예 벌떡 일어나 조심스럽게 밖의 기척에 귀를 기울였다. 이번엔 확실히 들렸다. 누군가 밖에서 눈을 밟으며 걸어 다니는 소리였다.

상진은 잔뜩 긴장한 얼굴로 2층 난간에 서서 아래층을 살펴보았다. 그러자 밖에서 들리던 소리가 멎었다. 한참을 기다렸지만 소리가 들리지 않자 상진은 계단을 내려와 조심스럽게 현관문 쪽으로 향했다. 어둠 속에서도 현관문이 잠겼는지를 확인하느라 시신경에 불이 붙을 지경이었다.

그는 아주 조심스럽게 현관문에 귀를 대었지만 아무 소리도 들리지 않았다. 아무리 귀를 기울여도 조금 전에 들렸던 소리는커녕 기척도 들리지 않았다.

"속이 비어서 그런가."

상진은 고개를 갸우뚱 하며 부엌으로 가 물을 컵에 따라 마셨다. 무심코 부엌의 작은 창문을 쳐다본 상진은 심장이 얼어붙었다. 누군가가 두 눈을 굴리며 자신을 노려보고 있었다.

*　　*　　*

"아악!"

상진은 비명을 지르며 벌떡 일어났다. 당황한 그의 눈엔 홀로 불을 밝히고 있는 노트북과 빈 커피 잔이 보였고 바닥에는 휴대폰이 떨어져 있었다. 주변을 둘러보니 자신은 침대가 아니라 책상에 앉아있었다.

상진은 벌떡 일어나 난간으로 뛰어가 1층을 바라보았다. 아무 기척도 없었지만 그는 계단을 뛰어 내려가 현관문을 한 번 더 확인하고 거실 창문도 확인했다. 부엌은 아주 조심스럽게 들어갔다. 자꾸 무서운 생각을 하니 등골이 간질거렸지만 애써 용기를 내서 부엌으로 들어갔다. 작은 창문은 닫혀 있었지만 그래도 불안한 마음에 고리까지 잠갔다. 상진은 커튼까지 닫아버리고 나서야 마음이 좀 놓였다.

다시 2층으로 올라온 상진은 책상 앞에 앉았다.

화면보호기가 떠 있는 노트북 앞에 앉아 마우스를 흔드니 작성하던 파일이 다시 나타났다.

「#98」

여전히 장면 번호 아래로는 커서만 남아 있었다. 글을 다 쓰고 기뻐했던 게 꿈이었다는 사실에 기분이 확 잡쳐버렸다. 꿈은 글의 좋은 소재가 되기도 했기에 언제나 꿈을 꾸길 바라며 잠드는 편이지만 이번만큼은 짜증이 제대로 났다.

상진은 짜증이 나서 컴퓨터를 확 꺼버리고 2층 커튼까지 닫

아버렸다. 이렇게 글이 써지지 않을 땐 그냥 자야 했다.
그게 상책이다.

거실 소파에 앉은 상진의 얼굴은 피로에 뜯어 먹힌 것처럼 퀭했다. 그는 커피를 마시다 달걀을 한 입씩 베어 먹기를 기계처럼 반복하고 있었다. 지금 입에서 씹히는 게 달걀인지 종이인지도 구분되지 않을 정도였다.

불편하게 책상에서 잠이 든 것 때문에 침대에서는 잠이 오지 않아 한참을 뒤척였다. 제대로 잠을 자지 못한 것이 왠지 억울하게 느껴졌다. 습관처럼 하는 하품을 하며 달걀을 입으로 가져가는데 멀리서 자동차 소리가 들렸다. 상진은 멍한 표정으로 창밖을 바라보았다.

어제 본 그 차가 아닐까 순간 걱정이 되었지만 자동차 소리가 달랐다. 일어나서 창문 근처로 바짝 다가가 밖을 보았다. 멀리서 하얀색 승용차가 이쪽으로 다가오는 것이 보였다. 덜컹거리며 오는 것이 꽤 속도가 빨라 보였다. 차는 펜션 앞을 지나치지 않고 방향을 바꿔 펜션 앞마당으로 들어섰다.

상진은 귀찮게 엮이는 것이 싫어서 창문에서 떨어져 몸을 숨겼다. 자신은 숨은 것이 아니라고 생각했지만 몸은 이미 창가에서 멀찌감치 떨어져 있었고 커튼도 다시 반쯤 닫혀 있었다. 그는 커튼 뒤로 조심스럽게 다가가 동태를 살폈다.

펜션 마당으로 들어온 백색 소나타는 주변을 살피듯 속도를 줄이고 천천히 들어서다 거리를 두고 멈춰 섰다. 문이 열리면서 사람들이 하나 둘 내려서는 게 보였다. 한눈에 봐도 젊은 친구들이란 것을 알 수 있었지만 복장을 봐서는 안전한 사람들인지 아닌지 분간하기 어려웠다.

산속에서 만난 남자들 때문에 트라우마가 생긴 것은 아니었지만 그들의 영향은 분명 있었다. 운전석에서 내린 남자는 패딩조끼 차림에 서글서글한 인상이었다. 선하게 생긴 얼굴로 주변을 둘러보는 그와는 달리 조수석에서 내린 남자는 날카롭게 생긴 모양새가 제법 사납게 보였다. 그는 차에서 내리며 쏘아보듯 주변을 훑어보았다. 그 뒤로 빨간 점퍼를 입은 뚱뚱한 남자가 내렸는데 뭐가 맘에 안 드는지 불만이 가득한 표정으로 연속 중얼거리며 내려섰다. 체중이 꽤 많이 나가는지 그가 내리자마자 주저앉았던 차가 높아지는 것이 육안으로도 보였다.

상진이 그들과 얘기를 해야겠다는 생각을 들게 한 건 마지막으로 내린 여자 때문이었다. 멋을 내긴 했지만 어딘지 모르게 밸런스가 안 맞아서 촌스럽다는 느낌을 지울 수가 없었지만 얼굴만큼은 반반해서 예쁘다는 소리 좀 듣고 자랐을 거란 생각이 들었다.

여자 한 명 때문에 그들에 대한 경계가 많이 사라지는 것을 보니 자신도 수컷은 수컷이라는 생각에 상진은 픽 웃었다. 펜션을 둘러보며 사람을 찾는 모양새가 아마도 여기서 하룻밤 묵을 생각인 것 같았다.

이대로 돌아갈 때까지 기다릴지, 아니면 나가서 돌아가라고 얘기를 해줘야 할지 망설였지만 시간이 지나도 계속 서성이고 있는 모양새가 쉽게 갈 것 같지가 않았다.

"아이 씨, 주인은 어디 있어?"

불만 많은 뚱뚱이가 먼저 말을 뱉었다. 두 남자는 그의 말은 그냥 무시한 채 펜션 안쪽을 살피려는 듯 상진이 묵고 있는 펜션을 향해 다가왔다.

상진은 고개를 가로저으며 현관문을 열고 밖으로 나왔다.

"무슨 일이세요?"

날카로운 얼굴의 남자가 상진을 먼저 발견하고 동료들에게 말했다.

"아! 저기 아저씨 있네."

패딩 조끼가 반기는 얼굴로 상진에게 상냥하게 물었다.

"아! 계셨네요. 아저씨, 방 있죠? 저희 하루 자고 가려고 하

는데.”

상진은 어깨를 으쓱해 보이며 최대한 곤란하다는 표정으로 대답했다.

“여기 영업하는 곳 아니에요.”

“네? 무슨 말씀이세요? 홈페이지랑 다 보고 왔는데.”

펜션 주인이 홈페이지도 운영한 모양이다. 하기야 요새는 홈페이지 없이는 아무것도 할 수 없는 구조다. 너도나도 검색부터 하니까 말이다.

“홈페이지요? 그런 건 잘 모르겠네요. 어쨌든 지금은 영업 안 하고 있어요.”

불만 많은 뚱뚱이가 역시 들릴 듯 말 듯 한 목소리로 중얼거렸다.

“에이 씨, 뭐야. 왜 안 해.”

그 뒤에도 뭐라고 계속 중얼거렸지만 안 들리는 것이 다행이라고 생각했다. 어차피 좋은 소리는 아니었을 테니까.

날카로운 얼굴이 패딩 조끼에게 물었다.

“어떡하지?”

잠시 생각하던 패딩 조끼가 좀 더 상냥한 얼굴로 한 걸음 다가서며 말했다.

“아저씨, 어차피 방이 비어있으면 좀 자게 해주시면 안 될까요? 저희 스키장 갔다가 밤늦게 잠만 자고 갈 거거든요.”

날카로운 얼굴도 친구의 말을 거들고 나섰지만 도움이 되지 않았다. 인상도 안 좋은 게 말투도 거칠었기 때문이다.

"그럽시다, 좀. 짐만 좀 내려놓고 바로 스키장 갈 거라니까."

상진은 놈의 거친 말투에 약간 주눅이 들었다.

"아니 제가 주인이 아니라서 그래요."

상진의 말이 끝나자마자 날카로운 얼굴이 친구들을 향해 신경질적으로 말했다.

"야! 그럼 딴 데 가자, 딴 데 가!"

하지만 패딩 조끼는 그런 친구를 말리며 말했다.

"지금 다른 데는 방 없어. 아저씨! 좀 자게 해주세요. 네?"

상진은 분위기가 더 험악해지기 전에 서둘러 대화를 끝내야겠다고 생각했다.

"죄송합니다."

그들은 아쉬운 듯 뒤돌아가며 저희들끼리 중얼거렸다. 주변이 워낙 조용해서 그런지 그들의 대화가 상진의 귀에도 뚜렷하게 들렸다.

"아이 씨, 어디로 가야 되는 거야? 아, 짜증나."

날카로운 얼굴의 투덜거림에도 패딩 조끼는 달래듯 말했다.

"또 찾아봐야지 뭐."

잠자코 있던 뚱뚱이가 입을 열었다.

“야, 근데 우리 잠만 자?”

“아, 이 미친 새끼가.”

“아니, 그냥 묻는 거잖아, 새끼야.”

“뚱땡이 새끼 진짜. 자기도 수컷이라고.”

“너야말로 무슨 생각하는 거야?”

“자, 자 그만들 하고 얼른 차에 타기나 해.”

상진은 그들이 떠날 때까지 지켜볼 생각으로 밖에서 서성이고 있었다. 그들은 티격태격하면서도 차에 하나 둘 오르기 시작했다.

그때 상진이 서 있는 펜션 앞길로 자동차 한 대가 신경질적으로 경적을 울리며 달려오고 있었다. 상진은 얼른 옆으로 비켜섰다. 어제 산에서 봤던 그 4륜구동이었다. 조수석에는 야상을 입은 남자가 담배를 든 손을 걸치고 초점 없는 시선으로 상진을 바라보았다. 짧은 순간이었지만 그것만으로도 상진은 등골이 오싹해졌다. 차는 그를 지나 산 위로 말처럼 뛰어 올라갔다. 저 산에 뭐가 있기에 계속 왔다 갔다 하는 것인지 상진은 알고 싶지도, 궁금하지도 않았다.

상진은 서둘러 손을 들고는 승용차에 올라탄 사람들을 향해 소리 질렀다.

“저기요!”

운전석에 막 올라타려는 패딩 조끼가 뒤를 돌아보았다.

“네?”

상진은 산 위로 올라간 차를 힐끗 보며 그에게 다가가 말했다.

“잠만 잔다고 그랬죠?”

패딩 조끼의 얼굴이 밝아졌다.

“아, 네. 재워주시게요?”

“그럽시다. 주인은 아니지만 너무 야박하게 구는 것 같아서요.”

“아, 정말 감사합니다.”

두 사람의 대화를 들은 일행은 다시 차에서 하나둘 내려섰다. 무슨 영문인지 모르고 내린 뚱뚱이는 그제야 상황을 파악하고 또 다시 중얼거렸다.

“이랬다 저랬다. 뭐야, 짜증나게.”

패딩 조끼도 그 소리를 들었는지 뚱뚱이를 돌아보았다. 뚱뚱이는 패딩 조끼의 눈치를 힐끗 보고는 입을 다물었다.

“여기 주인이 아니라서 잘 모르니까.”

“괜찮습니다. 잘 수만 있으면 되죠, 뭐. 저희는 어디서 묵을까요?”

상진은 대충 둘러보고는 바로 옆에 있는 펜션을 가리켰다.

“저기 쓰시면 될 것 같네요.”

“아, 네. 감사합니다.”

그들이 차에서 짐을 내리는 동안 상진은 가운데 있는 펜션으로 가서 데크 아래를 더듬어 보았다. 예상대로 열쇠가 있었다. 요새 펜션은 모두 번호 키를 사용하는데 이곳은 굳이 열쇠를 사용하는 이유가 있는지 궁금했지만 여자 목소리에 금세 머릿속에서 사라졌다.

"난방 되죠?"

건방진 듯한 말투로 여자가 물었다. 상진은 엉겁결에 고개를 끄덕였지만 확신은 없었다. 그는 펜션 옆에 있는 보일러실로 갔다. 보일러실 문을 열고 나란히 붙어있는 보일러 중에 가운데 것의 스위치에 손을 올렸다.

"이건가?"

스위치를 켜니 윙 하는 소리와 함께 보일러가 작동했다.

"어? 되네?"

상진은 보일러가 작동되는 것이 신기했다. 집에서 보일러라고는 리모컨으로 조정하는 것말고는 사용해 본 적이 없기 때문이다. 인기척이 느껴져 옆을 보니 여자가 상진을 바라보고 있었다. 상진이 놀라 쳐다보니 그녀는 새침하게 고개를 돌리고 가버렸다. 꼭 반만 예쁜 것 들이 새침하게 군다고 생각하며 손을 털고 나와 보일러실 문을 닫았다.

상진이 펜션 앞으로 나오자 기다렸던 패딩 조끼가 지갑을 꺼내들었다.

“얼마 드리면 되죠?”

이럴 줄 알았으면 평소 펜션 방값 정도는 알아 둘 걸 그랬다.

“아, 그게…….”

“홈페이지에는 8만 원이라고 되어 있던데.”

여기가 모텔도 아니고 복층 펜션 독채를 빌리는 데는 8만 원은 넘는다는 것 정도는 알고 있었다. 하지만 자신이 아쉬워서 붙잡았기에 그냥 받기로 했다. 어차피 자신의 펜션도 아니었으니까.

“네, 그러시죠.”

패딩 조끼는 날 속여 넘겼다는 게 즐거웠던 것인지 방을 잡아서 기분이 좋아진 것인지 몰랐지만 밝은 얼굴로 일행에게 큰소리로 말했다.

“자, 그럼 이제 스키 타러 가자.”

상진은 그런 그들을 보며 돈을 세면서 자신의 펜션으로 향했다.

“야, 그런데 눈 올 것 같지 않냐?”

보지 않아도 인상 찌푸린 뚱뚱이의 말소리라는 걸 알 수 있었다. 날카로운 인상의 남자가 대꾸했다.

“눈 오면 좋지 새끼야, 너 눈 올 때 스키 안 타봤냐? 기절한다. 기절해.”

“왜?”

뚱뚱이의 대답에 날카로운 인상의 남자는 인상을 찌푸리며 입을 닫아버렸다. 그들의 대화 사이로 여자의 목소리가 불쑥 들렸다.

"난 안 갈래."

패딩 조끼가 의아한 얼굴로 여자를 돌아보며 말했다.

"왜? 우리, 스키 타러 왔잖아."

"아, 몰라."

여자는 가운데 있는 펜션으로 걸어가며 말을 이었다.

"배 아파. 안 갈래."

"유미야, 여기까지 왔는데 진짜 안 가?"

상진은 유미라 불린 여자 쪽을 돌아보았다. 유미는 뭐가 맘에 안 드는지 찌푸린 얼굴로 퉁명스럽게 대꾸했다.

"안 가!"

그걸 지켜보고 서 있던 날카로운 인상의 남자가 당장이라도 쫓아갈 것처럼 나서며 말했다.

"아이 씨! 저게 진짜!"

유미도 그의 기세를 느꼈는지 같이 화난 얼굴로 말했다.

"왜! 뭐!"

"저게 진짜!"

패딩 조끼가 손을 들어 화난 남자를 막으며 유미에게 말했다.

“그래? 그럼 좀 쉬고 있어.”

유미는 그제야 조금 누그러졌지만 새침한 말투로 말했다.

“그리고 여기 나 혼자 쓸 거야.”

“뭐?”

패딩 조끼와 날카로운 인상이 동시에 놀라 외쳤지만 그녀는 이미 펜션 안으로 들어가는 중이었다.

“저게 미쳤나.”

유미가 들어간 펜션 문을 당장이라도 튀어나가 부술 듯한 남자를 패딩 조끼가 다시 한 번 말렸다.

“놔둬.”

그들 뒤로 불만 가득한 얼굴로 서 있던 뚱뚱이가 중얼거렸다.

“아, 배고파.”

날카로운 인상이 패딩 조끼에게 버럭 소리를 질렀다.

“아! 진짜! 저년 저거 또 저 지랄이네, 또 지랄이야. 그러니까 내가 저거 데리고 오지 말자고 했잖아!”

“됐어.”

“아, 씨! 돈도 없다고!”

패딩 조끼는 얼굴을 싸늘하게 굳히며 날카로운 인상에게 나직한 목소리로 말했다.

“그만하자고 했지?”

소리치던 남자는 주춤하며 시선을 내리깔고는 입을 다물었다. 패딩 조끼는 뚱뚱이를 돌아보며 물었다.

"우리 얼마 남았냐?"

뚱뚱이는 지갑을 주섬주섬 꺼내 돈을 세었다. 패딩 조끼는 데크 테이블에 앉아있는 상진을 큰 소리로 불렀다.

"아저씨!"

"네?"

"죄송하지만 방 하나만 더 빌려주실 수 있어요?"

"또요?"

패딩 조끼는 사람 좋은 웃음으로 대답했다.

"네, 여자애가 혼자 쓴다고 해서요."

"아, 그래요?"

원래 처음이 어려운 법이다. 상진은 제일 끝에 있는 펜션을 가리키며 말했다.

"그럼 저기 쓰세요."

"감사합니다."

패딩 조끼의 눈치를 보고 있던 날카로운 인상이 살짝 짜증난 목소리로 말했다.

"아저씨, 그런데 저희 좀 깎아주시면 안돼요? 방 두 개나 쓰고 잠만 자고 갈 거니까 좀 깎아 주시죠? 네?"

그의 험악한 인상과 거친 목소리에 상진은 주춤했다. 이곳

에서 펜션 장사를 하려는 것도 아니니.

"뭐, 그러시죠."

패딩 조끼가 기쁜 얼굴로 물었다.

"아, 정말요? 그럼 얼마……?"

"한 3만 원만."

날카로운 인상이 앞으로 나서며 말했다.

"에이, 그러지 말고 2만 원에 해주시죠. 네?"

"아, 네. 그러세요."

상진은 놈이 덤빌까 두려워 얼른 대답해 놓고는 살짝 상한 자존심 때문에 인상을 찌푸렸다. 하지만 그마저도 그들에게 보일까 얼른 시선을 다른 곳으로 돌려버렸다. 패딩 조끼는 고개를 숙여 인사했다.

"아, 정말 감사합니다!"

패딩 조끼가 눈짓을 하자 멀뚱거리며 서 있던 뚱뚱이가 상진에게 다가가 돈을 건넸다. 상진이 돈을 받고 펜션으로 들어가려는데 날카로운 인상의 목소리가 들렸다.

"아저씨! 보일러 켜 놔줘요!"

"네, 네."

주인이 아니라고는 했지만 돈은 이미 받았으니 꼼짝없이 펜션 주인이 해야 하는 의무는 모두 하게 생겼다. 상진은 제일 끝에 있는 펜션의 보일러실로 걸어갔다. 그의 뒤로 남자들

93

이 대화하는 소리가 들렸다.

"저 년은 여기까지 와서도 저 지랄이냐, 지랄이?"

"야! 됐어! 됐어! 잘 됐지 뭐. 우리끼리 여자 낚아서 놀면 되지."

"아! 그거 좋다!"

뚱뚱이 목소리가 들렸다.

"야! 진짜 눈 올 것 같은데?"

"눈 오면 더 좋다니까?"

"왜?"

이 대화는 상진도 아까 들었던 대화였기에 무슨 바보들의 만담같이 느껴졌다. 날카로운 인상의 목소리가 들렸다.

"그냥, 새끼야! 그냥! 넌 눈 오면 안 좋냐?"

잠시 잠자코 있던 뚱뚱이가 대답했다.

"안 좋은데?"

"아후! 이 새끼 진짜 뒈질라고!"

"야! 야! 둘 다 그만해! 그만하고 늦기 전에 빨리 가자."

가장 끝에 있는 펜션의 보일러 실 앞에 도착한 그는 아까와 같은 방법으로 보일러를 켰다. 역시 윙 하는 소리와 함께 보일러가 돌아가기 시작했다. 아까보다는 신기한 느낌이 조금 덜 했지만 어쨌든 스스로 뭔가 작동시켰다는 것에 약간의 만족감이 느껴졌다.

남자들은 이미 차를 타고 스키장으로 떠났는지 펜션 앞이 조용해졌다. 상진은 유미가 있는 가운데 펜션을 한 번 힐끗 쳐다보고는 자신의 펜션으로 향했다. 이젠 다시 본업으로 돌아갈 시간이었다.

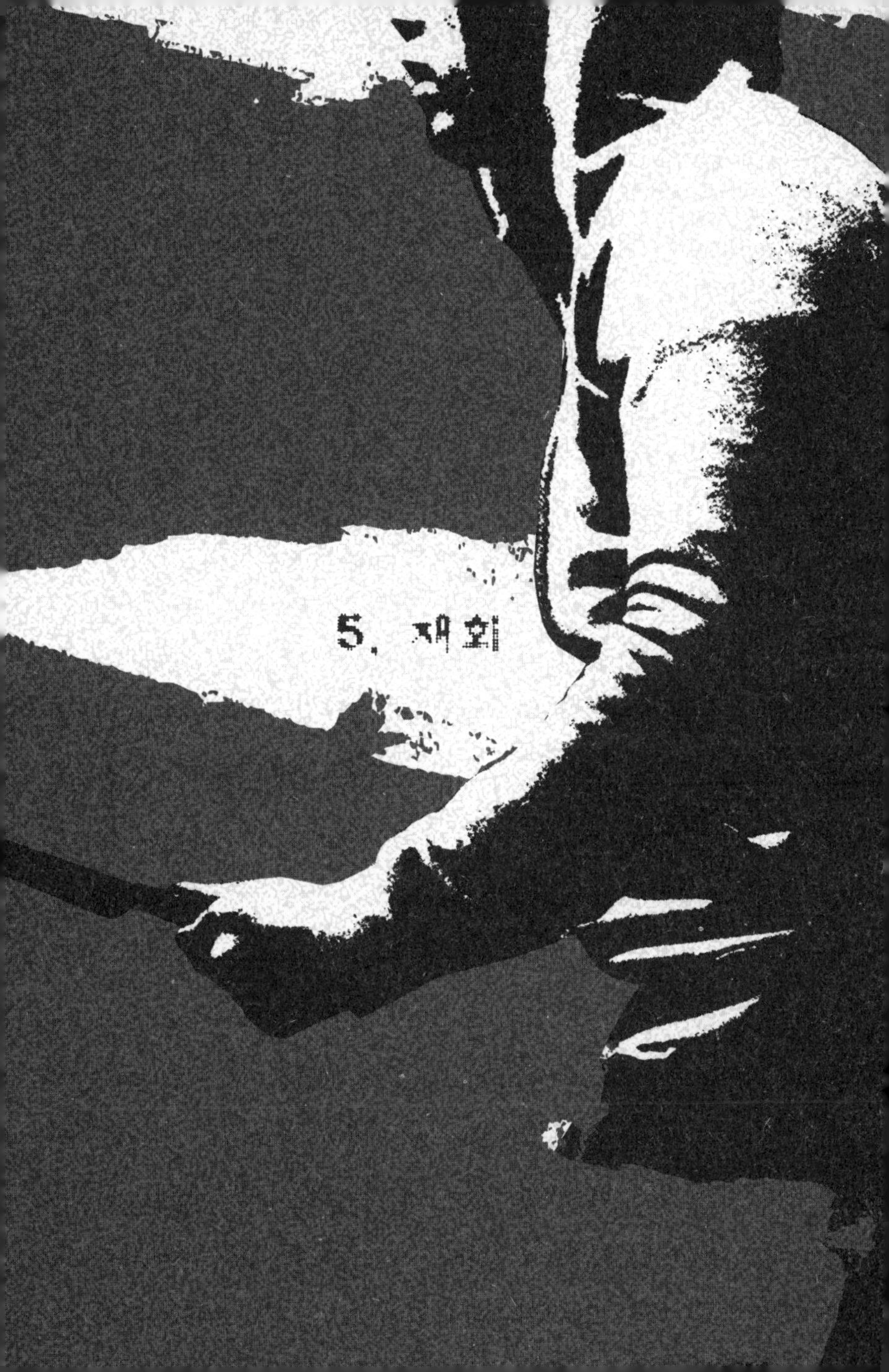
5. 재외

펜션 주인 놀이를 끝내고 돌아왔지만 노트북 화면엔 여전히 커서만 깜빡이고 있었다.

「#99 장례식장」

한 줄도 못 쓸 것 같았지만 어찌되었건 한 장면은 쓸 수가 있었다. 하지만 또 다시 다음 장면에서 막혀버렸다. 글을 썼다가 백스페이스키로 지우기를 수차례.

상진은 글이 잘 안 풀려 머리는 물론 가슴까지 답답해졌다. 상진의 손은 거의 자동으로 휴대폰을 집어 들어 게임을 켰다. 게임이 로딩 되기를 기다리던 상진은 문득 창밖을 바라보았다. 어느새 눈발이 날리고 있었다. 상진은 창문을 열고 하늘을 올려다보았다. 그러자 하늘로 승천할 것 같은 기분이 들었다. 상진은 한참을 그렇게 있다 문득 2층으로 올라가 카메라는 들고 내려왔다.

현관 밖으로 나가자마자 상진은 카메라 셔터를 마구 눌렀다. 어떤 곳을 향해 셔터를 눌러도 그림이 되었다. 눈 쌓인 모습이 슬슬 지겨워지기 시작했는데, 내리는 눈은 또 다른 아름다움을 선사해주었다.

상진은 사진을 충분히 찍은 뒤 펜션으로 돌아가다 휴대폰을 꺼내들었다. 이 작은 눈송이를 휴대폰 카메라가 잘 잡을 수 있을지는 몰랐지만 그 마음만 전달이 되면 된다는 생각이 들었다. 그는 펜션 베란다에 서서 휴대폰으로 사진을 찍고 메신저로 은희에게 전송했다.

은희는 동호회에 있는 여자 회원이다. 물론 호감이 있기 때문에 메신저로 이렇게 사진을 보내는 것이다. 남자는, 인간적이든 이성적이든 호감이 가지 않는 인물과는 절대로 이런 사적인 메시지를 주고받지 않는다. 절대로.

「여긴 눈이 참 예쁘게 와. 다음엔 같이 보자.」

상진은 썼던 글을 다시 지우고 사진만 보냈다. 동호인 사이인 관계에서는 아무래도 지나친 감이 없지 않았다. 잠깐이라도 혼자 지내다 보면 역시 감성적으로 되어 버린다. 이런 때 대부분 실수를 하게 된다. 만회할 수 없는 그런 실수를 말이다.

그렇게 잠깐 딴 생각에 빠져 있는데 문이 열리는 소리가 들렸다. 가운데 펜션의 현관문이 열리며 유미가 걸어 나오는 소리였다. 상진은 유미와 눈이 마주치자 다시 휴대폰을 바라보

았다. 유미는 상진을 한 번 보고는 성큼 성큼 상진이 있는 펜션 쪽으로 걸어왔다. 상진은 길 쪽으로 지나간다고 생각하고 신경 쓰지 않았는데 어느 새 바로 곁에 다가와 있어서 깜짝 놀랐다.

유미는 상진을 똑바로 쳐다보더니 손을 들어 상진의 뺨을 때렸다. 상진은 어이가 없는 얼굴로 유미를 빤히 바라보다 간신히 입을 열었다.

"왜, 왜 이러세요?"

유미는 특유의 냉랭한 얼굴로 다시 상진의 뺨을 때렸다. 좀 전까지의 사진 촬영 때문에 얼굴이 얼어 있어서 유미가 때린 곳은 처음엔 감각이 없다가 시간이 지날수록 미칠 듯이 아파 왔다.

"왜, 이래요?"

"몰라서 물어요?"

상진도 짜증이 확 났다.

"모르니까 물어보죠! 왜 이래요?"

"저 몰래 사진 찍는 거, 제가 모를 줄 알았어요?"

"뭐, 뭘 찍어요?"

상진은 그제야 이 여자가 무슨 생각을 하는지는 알았다. 상진은 자신의 카메라를 베란다 테이블 위에 내려놓았다.

"뭘 오해하신 것 같은데, 일단 여기 앉아서 카메라 한 번 살

퍼보세요.”

“내가 왜요?”

“보셔야 마음이 놓일 테니까요. 커피 하실래요?”

유미는 말없이 의자에 앉아 카메라 액정을 살피기 시작했다. 상진은 펜션 안에 들어갔다가 잠시 후에 커피 잔을 양손에 하나씩 나눠들고 나와 테이블 위에 올려놓으며 물었다.

“어때요? 아니죠?”

유미는 새침한 표정 그대로 아무 말 없이 여전히 액정의 사진을 하나씩 넘겨보았다. 상진은 건너편 유미가 묵고 있는 펜션 창문을 가리키며 말을 이었다.

“낮에는 바깥이 더 환해서 건물 안이 안 보여요. 반대로 밤에는 안이 더 환해서 잘 보이는 거고요. 그러니까 안쪽을 사진으로 찍는 건 불가능한 일이에요.”

유미는 여전히 미안해하는 표정이 아니었지만 대꾸를 하지도 않았다. 아마도 멋쩍어져서 그런 것일 거라고 생각하고 웃으며 가볍게 농담을 건넸다.

“손이 엄청 매우시네요. 아직도 얼얼하네.”

유미는 상진을 힐끗 보고는 잘 들리지도 않는 목소리로 쌀쌀맞게 말했다.

“미안해요.”

“저 그렇게 여자 훔쳐보고 사진 찍는 놈 아닙니다.”

유미는 눈을 치켜뜨며 되물었다.

"그걸 어떻게 알아요?"

"네?"

유미는 상진이 가져온 커피를 한 모금 마시더니 인상을 찌푸렸다.

"아우, 써!"

유미는 상진이 무슨 큰 죄라도 지은 것처럼 흘겨보고는 테이블에 커피 잔을 탁 내려놓고 자신의 펜션으로 향했다.

"뭐야, 진짜."

유미의 무례한 행동에 상진의 기분도 좋을 리가 없었다. 흔히들 얼굴이 예쁜 여자는 모든 것을 면죄 받을 수 있다고 반 농담으로 말하곤 한다. 실제 과거 이집트에서는 얼굴이 예뻐서 사형을 면한 경우도 있었다고 한다. 하지만 그걸 반대로 얘기하면 웬만큼 예뻐서는 면죄부를 받을 수 없다는 것이다.

지금 저 여자도 마찬가지라고 생각한다. 저렇게 무례한 행동을 해도 용서를 받을 정도의 미인도 아니었고 더구나 상진 자신의 스타일은 더더욱 아니었다. 꼭 부족하게 예쁜 것들이 꽉 차게 예쁜 것처럼 행동한다.

펜션으로 향하던 유미가 갑자기 되돌아와 현관문을 확 열어 젖혔다. 상진은 자신의 생각이 들키기라도 한 것처럼 깜짝 놀랐다.

유미는 고개만 안으로 들이고 쌀쌀맞은 목소리로 상진을 불렀다.

"아저씨!"

"네, 네?"

"휴지 없던데요? 휴지 주세요."

유미는 상진의 대답도 기다리지 않고 그냥 문을 닫고 가버렸다. 상진은 다시 한 번 헛웃음을 지을 수밖에 없었다. 저렇게 무례하게 굴어도 될 정도의 얼굴은 아니라니까.

*　　*　　*

상진은 휴대폰으로 전화를 걸며 산길을 걸어갔다. 눈은 여전히 내리고 있었고 쉽게 그칠 기세는 아니었다.

"여보세요? 은희야, 잘 있었어? 그러게 오랜만이네. 응. 아니, 그냥 강원도 오니까 우리 동물사랑모임 생각도 나고 그래서 한 번 해봤지. 아, 지금 펜션에 잠깐 와 있어. 좀 전에 카톡으로 사진 보냈는데 못 봤어? 아 그래? 그렇구나. 지금 여기 눈 오거든. 그래서 사진 찍어서 보냈는데."

전화 통화만 되면 사진 전송도 제대로 될 줄 알았는데 착각이었던 모양이다. 아니면 설마 받았는데 모른 척하는 건 아니

겠지? 에이 설마.

"아니 놀러온 건 아니고 시나리오 쓰느라. 하하, 그러게. 아직도 못 끝냈다, 야. 그래도 100씬이 마지막인데 지금 99씬 쓰고 있어. 맞아, 다 끝났지 뭐. 그런데 뒷부분이 앞부분 쓰는 것보다 힘드네. 아! 그리고 여기가 너구리, 그 이름이 뭐더라? 아! 녹색 눈 너구리! 그거! 내가 지금 와 있는 데가 그 너구리 서식지래. 너구리? 당연히 봤지! 귀엽던데? 아니, 사진은 못 찍었어. 너무 빨랐거든. 또 보게 되면 찍어서 보내줄게. 아니다. 야! 그러지 말고 한번 와. 여기 영화사 대표 부모님이 하시는 곳인데 잠시 비워져 있거든. 대표한테는 아직 씬 많이 남았다고 하고 이번 달까지는 있는다고 했어. 시나리오 다 끝나면 한 번 놀러와."

너무 속을 드러내 보인 것 같아서 살짝 걱정되었지만 펜션을 이렇게 오랫동안 맘대로 쓸 수 있는 기회가 자주 있는 것은 아니니까 최대한 활용할 생각이었다.

"응? 시나리오는 며칠 내로 끝날 것 같은데? 아니, 너 온다고 하면 오늘, 내일 다 해치워 버리지 뭐. 하하하. 너 좋아하는 돔페리뇽도 가지고 왔어. 하하 그러니까. 어? 친, 친구?"

그래. 원래 남녀 관계의 일은 도대체가 술술 풀리는 법이 없다. 절대로! 그래도 이곳에서 같이 지내는 것만 해도 그에

게는 충분히 기쁘고 흥분되는 일이었다.

"아, 물, 물론 친구랑 같이 와도 당연히 괜찮지. 응? 진짜? 내일 올 거야? 진짜? 그럼 시나리오는 오늘 내로 정리해 볼게. 그럼! 할 수 있지! 그래. 보여줄게. 응, 그래. 그럼 내일 또 통화하자. 오케이!"

상진은 기분 좋은 얼굴로 전화를 끊었다. 잘하면 은희와 좋은 추억을 만들 수도 있겠다는 생각에 벌써부터 기대치가 올라갔다. 이번 기회를 잘만 이용하면…….

그때 멀리서 총소리가 들렸다.

상진은 반사적으로 멈춰 서서 주변을 두리번거렸다. 산 쪽을 바라보았지만 온통 눈에 덮힌 나무뿐이었다. 상진은 누군가 자신을 바라보는 듯한 기분 나쁜 느낌을 받아 재빨리 뒤를 돌아보았지만 역시 아무것도 보이지 않았다.

상진은 뒤쪽을 자꾸 힐끗거리며 길을 재촉하며 걸었다. 한번 무서운 생각이 들기 시작하면 걸음걸이가 점점 빨라지는 것처럼 상진의 걸음도 나중에는 거의 달리는 수준이 되었다. 그의 뜀박질은 아래쪽에 간판도 거의 닳아 없어진 구멍가게가 보이고 나서야 멈췄다.

상진은 걸음 속도를 늦추고 숨을 골랐다. 어차피 다시 올라가야 할 산인데 왜 자꾸 뒤가 거슬리는 것인지 모르겠다.

상진은 충분히 호흡이 고르게 되고 나서야 가게 안에 들어

섰다. 가게 안쪽 문이 열리며 주인이 얼굴을 내밀었다.

"아저씨, 휴지 있어요?"

"어떤 거 드릴까?"

잠깐만 있다 갈 텐데 필요 이상으로 많이 살 필요는 없을 것이다.

"두루마리 휴지 낱개로도 팔아요?"

"그럼요. 몇 개 드릴까?"

"그럼, 휴지 두 개하고요."

상진은 진열대를 둘러보다 10개들이 달걀을 집어 카운터 위에 올려놓았다.

"이거 주세요."

주인은 두루마리 화장지 두 개를 꺼내 건네고 비닐봉지에 달걀을 담아서 건넸다.

"얼마에요?"

"사천이백 원."

상진은 지갑에서 오천 원짜리 지폐를 한 장 꺼내 주인에게 내밀었다. 주인은 돈을 받고는 돈 통을 열고는 잠시 머뭇거렸다.

"잔돈이……."

그때 구멍가게 문이 열리며 누군가 안으로 들어섰다. 상진은 재빨리 반대편으로 고개를 돌렸다. 그가 누군지 한 눈에

알아봤기 때문이다. 이곳에 올 때 상진의 손에 연락처를 적어 주었던 학수였다. 불량하고 말 많던 그 남자.

학수는 구멍가게를 자기 집처럼 들어와 냉장고에서 막걸리를 꺼내며 말했다.

"형님! 오징어땅콩 있어요?"

주인은 쳐다보지도 않고 대답했다.

"거기 찾아봐."

상진은 학수가 움직이는 방향에 맞춰 반대편으로 몸을 돌렸다. 학수는 그를 힐끗 봤지만 물건 찾기에 더 집중했다.

"어디 있는 거야?"

주인은 여전히 돈 통에서 잔돈을 찾으며 학수에게 물었다.

"야! 너희 이모부 들어오셨냐?"

"아뇨. 엊그제 산에 올라가셨다고 들었는데."

주인은 그제야 학수를 한 번 힐끗 보며 말했다.

"뭐? 어쩐다니? 밤부터 눈이 많이 온다는데."

학수 또한 주인을 웃는 얼굴로 힐끗 보고는 대답했다.

"그 분이 약초를 몇 십 년 하신 분인데요. 걱정 마세요. 오늘 중으로 내려오시겠죠."

"그런데 저 옆 동네 아저씨도 약초 하러 어제 갔다가 아직 안 왔다던데? 호랑이라도 나타난 거 아냐?"

"에이, 뭔 걱정을 그렇게 해요? 약초꾼들이 산에서 며칠 자

고 오는 게 별 일이나 돼요?"

이 가게에서 불편한 사람은 상진뿐이었다. 그들은 아주 편하게 대답을 했지만 상진은 바늘방석에라도 앉은 것처럼 몹시 불편했다. 이깟 잔돈 그냥 포기할까 싶었는데 그러다가 학수의 이목을 끌게 되면 끝이었다.

주인은 손가락으로 돈 통 여기저기를 헤집으며 말을 이었다.

"얌마! 누가 한 겨울에 며칠씩 자고 와? 게다가 밤에 큰 눈이 온다잖아. 옷도 대충 걸쳐 입고 가셨다는데."

"하긴, 그건 큰일이네. 일기예보를 확인하고 가셨을 텐데. 어쨌든 지금은 안 와요."

"지금은 오다말다 하는 거지. 나도 내일 감자배달 가야 되는데 큰일이네. 그나저나 잔돈 가진 것 좀 있냐?"

학수는 주머니를 뒤져 잔돈을 꺼내보였다.

"200원 있는데?"

상진은 짜증을 참으며 최대한 작은 소리로 말했다.

"아저씨, 잔돈은 됐어요. 그냥 갈게요."

목소리를 알아들은 학수가 상진에게 다가오며 말했다.

"어? 형님? 여기서 뭐하세요? 한잔 하시려고요?"

상진은 짜증으로 얼굴이 확 일그러졌지만 학수에게 얼굴을 돌릴 때는 애써 밝은 표정으로 말했다.

“아뇨. 휴지 사러왔어요.”

“휴지요?”

학수는 무표정한 얼굴로 상진이 들고 있는 휴지를 잠시 바라보았다. 주인은 미안해하는 얼굴로 상진에게 말했다.

“아이고, 미안하네. 나중에 다시 와요. 그때는 내가 챙겨 놓을게.”

“네.”

상진이 고개를 끄덕이고 나가려고 하자 학수가 불렀다.

“형님! 이거 가져가요.”

돌아보니 학수가 백 원짜리 동전 두 개를 상진에게 내밀었다.

“아, 아니에요. 괜찮아요.”

“아이 참! 가져가요.”

학수는 상진의 주머니에 억지로 동전을 넣어주었다. 상진은 양손에 짐을 들고 있어서 돈을 꺼내려고 했지만 잘 꺼내지지 않았다.

“아, 정말 괜찮아요.”

학수는 그러지 말라는 듯 손을 흔들며 대답했다.

“됐어요.”

“그래도.”

상진이 돈을 계속 꺼내려고 하자 그것을 보고 있던 학수가

버럭 큰소리를 냈다.

"아! 거 됐다니까요!"

학수의 거친 목소리에 상진은 잠시 멍하니 서 있다가 엉거주춤 고개를 숙이며 인사를 했다.

"감, 감사합니다. 그럼 안녕히 계세요."

상진은 꼬리를 감춘 개처럼 가게 문을 열고 밖으로 나섰다.

"형님!"

학수의 목소리에 상진은 흠칫하며 고개를 돌렸다. 학수는 예의 그 상냥한 얼굴로 말을 이었다.

"여기까지 내려오셨는데 한잔 하셔야죠?"

옆을 돌아보니 가게 밖 간이 테이블에 앉아 막걸리를 마시는 사람들이 보였다. 학수의 일행인 모양이었다. 상진은 곤란한 얼굴로 말했다.

"이를 어쩌죠? 할 일이 좀 많아서요."

"형님! 깍쟁이 형님! 이리오세요. 한 잔 하시고 가세요."

"아니에요."

"아무리 바빠도 딱 한 잔은 하실 수 있잖아요?"

"아, 정말 좀 곤란해서."

"아! 딱 한 잔만 하세요, 한 잔만. 네?"

"죄송해요. 정말 할 일이 많아서요."

"에이, 그래도 좀 서운한데. 그럼 심심할 때 연락 주세요.

제 연락처 아시죠?”

“네.”

“좋은 술 있으니까, 꼭 연락해요!”

“아, 네.”

상진은 학수와 막걸리를 마시는 사람들에게 의미 없는 인사를 하고는 펜션으로 향했다. 그들 뒤로 학수 일행이 나누는 말소리가 들렸다. 그들에게 외지인은 언제나 화젯거리인 모양이었다.

“누구야?”

“어, 내가 말 안 했었나? 저 분이 서울에서 온 작가야. 글 쓰는 사람이라고.”

“작가요?”

“네. 작가요. 어제 오다가 버스에서 만났어요.”

“어? 이 누님도 시도 쓰고 그러는데. 누님 그 뭐냐. 일본 시, 일본 시 하나 해줘요.”

“하이쿠요?”

“아, 맞다, 맞다. 하이쿠!”

상진은 그들의 목소리가 들리지 않을 정도로 멀어지고 나서야 생각난 듯 손바닥을 보았다. 학수가 적어준 전화번호가 반쯤 지워져 있었다.

이런 사실을 학수가 알게 된다면 어떻게 나올지 두려워 애

써 고개를 흔들었다. 다시 마주치는 일이 없기를 바랄뿐이
었다.

6. 바비큐 파티

상진은 펜션으로 올라가며 길 아래에 서 있는 흰색 승용차를 보았다. 아마도 그 3인방이 돌아온 모양이다. 펜션에 가까워질수록 부산스러운 소리가 들렸다. 상진은 걸음을 재촉해 펜션에 도착하니 가장 끝에 있는 펜션 앞 바비큐 장에서 불을 막 피우려는 남자들의 모습이 보였다.

주인도 아닌데 주인 행세를 하는 것도 불편한데 여기 물건을 맘대로 쓰는 것이 상진의 맘에 들지 않았다. 무엇보다 저렇게 시끄럽게 굴면 방해가 되어 마지막 장면을 제대로 쓸 수 없게 될까봐 살짝 걱정이 되었다.

상진이 펜션으로 가다말고 그들을 쳐다보는 것을 알아챘는지 패딩 조끼가 선한 미소를 지으며 한 마디 했다.

"아저씨! 고기 좀 구워 먹어도 되죠?"

상진은 최대한 티를 내지 않으려고 애쓰며 대답했다.

"스키장 안 가셨어요?"

"눈이 엄청 많이 온다고 해서요. 가면 다시 오기 힘들 것 같아서 그냥 왔어요. 고기 구워 먹어도 괜찮죠?"

상진은 발걸음을 옮기며 뱉듯이 말했다.

"불조심하세요."

날카로운 인상의 남자가 말로 툭 치고 나왔다.

"눈이 이렇게 오는데, 뭐 어때요? 아저씨, 그것보다 길에 염화칼슘이나 모래라도 좀 뿌려요. 차가 못 올라오잖아!"

겁먹고 재워주겠다고 한 것도 자신이었고, 돈을 받은 것도 자신이었기에 다른 사람 탓을 할 수가 없었다. 그렇다고 짜증이 나지 않는 것도 아니었으니 여간 불편한 게 아니었다.

"여기요!"

가운데 펜션 창문이 열리며 유미가 큰소리로 불렀다. 짜증이 잔뜩 밴 목소리로 말을 이었다.

"휴지는 언제 주는 거예요?"

상진이 뭐라 대답을 하기도 전에 유미는 다시 창문을 닫아버렸다. 뭐 저런 게 다 있나 싶었다. 어떻게 된 게 단 한 번도 남의 말을 들은 적이 없다. 자기 할 말만 딱 하고 나가버리거나 문을 닫으니 대체 소통이라는 것을 할 수가 없었다.

마음 같아서는 휴지를 숲속에 집어 던져버리고 싶었지만 돈을 받은 이상 그럴 수도 없는 일이었다. 그랬다가는 저 싸

가지 없는 말투로 또 어떤 욕을 들어 처먹을지 모르기 때문이다.

상진은 발걸음을 돌려 여자가 묵고 있는 펜션 현관으로 가서 문을 두드렸다. 여자가 문을 열자마자 한 마디도 하지 않고 휴지를 던지듯 주고 바로 돌아섰다. 뒤로 뭔가 중얼거리는 소리가 들렸지만 상진은 작은 복수에 만족하며 자신의 펜션으로 돌아왔다.

상진은 끓는 물에 달걀을 넣고 다시 거실로 나와 휴대폰을 꺼내들었다. 메신저를 열고 은희에게 뭔가를 말을 건네려다가 그냥 다시 닫았다.

창문을 통해 하늘을 보니 마치 저녁처럼 어두워진 하늘에서는 여전히 눈이 펑펑 내리고 있었다. 이대로라면 은희가 내일 올 수 없을지도 몰랐다. 상진은 이래저래 심란하고 걱정스러운 마음이 되었다.

상진은 달걀을 접시에 담아 다시 거실로 돌아왔다. 달걀이 너무 뜨거웠기 때문에 소매로 손을 감싸 밖으로 꺼내 이리저리 굴려 껍질을 벗겼다. 달걀을 입에 넣으면서도 그의 시선은 여전히 눈이 내리는 창밖으로 향해 있었다.

바비큐 장에서는 남자들의 왁자하게 떠드는 소리가 고기 굽는 냄새를 타고 상진에게까지 흘러들어왔다. 그러다 자신도 모르게 입에 침이 고였다. 상진은 냄새가 들어오지 않게 창문을 꽉 닫고 다시 달걀을 깨먹기 시작했다.

상진은 다시 책상에 앉아 노트북 화면을 빤히 바라보았다. 벌써 몇 시간째 바라보는 화면이었지만 여전히 떠 있는 장면 번호는「#99」였다.

상진의 얼굴은 여전히 일그러져 있었다. 내일 은희와 아무 걱정 없이 놀려면 오늘 어떻게 해서든지 시나리오를 끝내야 했지만 뜻대로 되지 않아 점점 근심이 쌓이기 시작했기 때문이다. 상진은 신경질적으로 머리를 긁으며 한숨을 내쉬었다.

"휴······."

상진은 벌떡 일어나 침대에 몸을 던졌다. 답답한 맘에 누워서 천정을 바라보고 있었지만 그런다고 답이 나올 리가 없었다.

"빌어먹을."

눈은 계속 내리고 글을 써지지 않고. 상진의 머릿속은 복잡했다. 눈이 이렇게 많이 내린다면 길이 막혀서 은희가 올 수 없을 것이고, 그렇다면 꼭 오늘 글을 마무리 짓지 않아도 되었다. 하지만 한편으로는 내일 은희가 왔으면 좋겠고 그러려면 오늘 글을 마무리 지어야 했다. 점점 심각해지던 상진은 갑자기 어이없게 픽 웃어버렸다. 인생에 있어서 대단한 것도 아닌데 이걸 가지고 고민을 하고 있는 걸 보니 아직 젊긴 젊은 모양이라고 생각했다.

그때 누군가 현관문을 두드리는 소리가 들렸다. 잘못 들었나 싶어 고개를 돌리고 귀를 기울이자 또 다시 노크소리가 들렸다.

상진은 1층으로 내려가 현관문을 열었다. 문 앞에는 패딩 조끼의 남자가 서 있었다.

“아저씨, 혹시 김치 있어요?”

“김치요? 없는데요.”

“저기 뒤편에 보니까 항아리 하나 묻혀 있던데, 그거 뭐예요?”

“항아리요?”

“그거 김치 아녜요?”

상진은 자신이 주인이 아니라고 몇 번을 말했는지조차 까먹었다. 상진 자신도 알 리가 없다고 말해주고 싶었지만 고무 같은 달걀만 먹다보니 입에서 닭똥 냄새가 나는 것 같기도 했다. 김치 한 조각 먹으면 좋겠다는 생각에 별 거부감 없이 상진도 점퍼를 입고 따라 나섰다.

패딩 조끼와 상진이 항아리 쪽으로 향하자 나머지 두 명의 남자도 함께 따라 나섰다.

땅에 반쯤 묻혀있는 항아리를 열려고 하자 뚱뚱이가 걱정스럽게 입을 열었다.

“뭐 이상한 거 나오는 거 아냐?”

그의 말에 뚜껑을 열려던 상진을 포함에 모두가 멈칫했다. 이 항아리를 여는 것이 반쯤은 도둑질이라는 것을 모두가 인지하고 있었기에 아무렇지도 않게 행동할 수는 없었다.

날카로운 인상이 핀잔을 주었다.

“무슨 소리야?”

“혹시 모르잖아. 시체 같은 게 들어있을 수도 있고.”

뚱뚱이 입에서 튀어 나온 ‘시체’라는 말에 모두 얼어붙은 듯 동작을 멈췄다. 상진은 숙인 허리를 펴지도 못했다.

날카로운 인상이 버럭 화를 냈다.

“아, 거참, 재수 없게 구네. 무슨 헛소리야? 여기에 어떻게 시체가 들어가?”

“토막 내면 들어가지.”

뚜껑을 열려던 상진은 또 다시 멈췄다. 뚱뚱이 지랄 맞은 주둥이도 짜증났지만 그 말에 동요되는 자신의 몸도 짜증났다.

날카로운 인상이 또 다시 화를 냈다.

“이 새끼가 오늘따라 말대꾸가 지랄이네. 너, 토막 나고 싶냐? 이 뚱땡이 새끼 토막 내려면 톱으로 일주일은 긁어야 될걸? 좀 많이 처먹었어야지.”

“허, 참나, 이 미친 새끼가? 그래, 새끼야! 토막 내봐, 어?

어디 해보라고 새끼야!”

“저 새끼 그냥 가기 싫다고 했을 때 그냥 놔두고 왔어야 하는 건데, 아유, 저 돼지 새끼, 저거!”

“나 살찌는 데 뭐 보태준 거 있어? 보태준 거 있냐고, 새끼야!”

“저저, 초딩처럼 말하는 거 봐라, 저. 그럼 그동안 내가 사준 고기만 네 뱃살로 안 가고 뭐 다른 데로 갔냐? 이 미친 새끼야?”

“이 새끼가 진짜 죽고 싶나!”

거칠어진 분위기에 상진은 눈치만 보고 있었다. 패딩 조끼가 항아리에 시선을 박은 채 나지막한 목소리로 말했다.

“둘 다 그만해라.”

“아니, 이 새끼가 먼저.”

패딩 조끼가 노려보자 남은 두 명이 눈치를 보며 입을 다물었다. 패딩 조끼는 상진에게 조심스럽게 말했다.

“한 번 열어 보죠.”

모두 긴장한 표정으로 장독을 바라보았고 상진은 침을 한 번 크게 삼키고 장독뚜껑에 손을 댔다.

조심스럽게 뚜껑을 열자 뭔가 비닐에 쌓여있는 것이 보였다. 비닐의 불투명한 재질 때문에 안쪽이 제대로 보이지 않았지만 희끗한 것이 가득 담겨 있었다.

상진은 몸은 최대한 멀리한 채 손만 뻗어 비닐 입구를 찾아 벌려 보았다.

장독 안에는 먹음직스럽게 생긴 김치가 가득 담겨 있었다. 상진은 물론 남자들도 안도했는지 편한 숨소리가 들렸다. 패딩 조끼는 기쁜 듯이 말했다.

"이야! 맛있겠다."

상진은 준비해온 비닐장갑을 끼고 김치를 꺼내 그릇에 담았다. 장독을 안을 살펴봤지만 김치 한 포기 정도는 빠져도 티가 나지 않을 것 같았다. 비닐 입구를 원래 되어 있었던 것처럼 최대한 비슷하게 봉하고 뚜껑을 닫았다.

뚱뚱이가 김치에 손을 뻗자 날카로운 인상이 그의 손을 세게 때렸다. 뚱뚱이가 인상을 쓰며 뭔가 말을 하려고 했지만 패딩 조끼의 눈치를 보고는 입을 다물었다.

바비큐 장으로 돌아온 그들은 테이블 위에 있는 접시에 김치를 썰어 나눠 담았다. 이렇게 놓고 보니 더욱 맛깔스럽게 보였다.

상진은 자기 몫의 접시를 챙겨 들며 물었다.

"이 정도면 되죠?"

뚱뚱이는 상진의 손에 들려있는 김치를 바라보았다.

"하나 더 주면 안돼요?"

"네?"

패딩 조끼가 뚱뚱이를 툭 치고는 상진에게 대신 말했다.

"아, 아니에요! 충분해요. 정말 감사합니다."

상진은 뚱뚱이를 힐끗 보고는 고개를 끄덕였다.

"네, 그럼."

돌아서던 상진의 눈에 바비큐 그릴 위에서 구워지고 있는 고기가 들어왔다. 마법에 걸린 것처럼 상진은 시선을 뗄 수가 없었다. 이게 다 빌어먹을 덴마크 다이어트 때문이다.

"아저씨, 같이 한 잔 하시죠!"

패딩 조끼가 상진에게 말했다.

"한 잔 정도는 괜찮잖아요."

"아, 아니에요. 저는 괜찮아요."

"고기 한 점만 드세요."

상진은 자신의 배를 힐끗 보고는 대답했다.

"다이어트 중이라서요."

날카로운 인상이 소주잔을 들다 말고 상진을 돌았다.

"다이어트요?"

그는 뚱뚱이를 바라보며 말을 이었다.

"이거 한 점 먹는다고 뭐 애처럼 되겠어요?"

당연히 뚱뚱이가 발끈했다.

"뭐? 새끼야?"

패딩 조끼가 그들을 돌아보며 여전히 나지막한 목소리로

말했다.

"아, 이 씨발 새끼들이 진짜……."

상진에겐 패딩 조끼의 얼굴이 보이지 않았지만 그의 얼굴을 본 다른 두 남자의 표정은 똑똑히 보였다. 무슨 사연이 있는 것인지는 모르겠지만 그들은 이 선한 얼굴의 청년에게 진심으로 겁을 집어 먹고 있는 것처럼 보였다.

그들의 분위기에 상진까지도 주눅이 들었다. 하지만 패딩 조끼는 상진을 돌아볼 때는 상냥한 얼굴이었다.

"하나만 드세요. 나중에 더 달라고 하지 말고요. 하하!"

패딩 조끼가 상진을 끌어당기자 상진은 못 이기는 척 테이블에 같이 앉았다. 거절하기 어려운 분위기였기도 했지만 무엇보다 상진이 자리를 잡게 된 것은 고기의 구수한 냄새 때문이었다.

"자, 하나 잘 싸 드려봐!"

날카로운 인상이 어울리지도 않는 웃는 얼굴로 쌈을 하나 싸서 상진에게 건넸다.

"자! 이거 하나 드세요."

상진은 쌈이 너무 커서 부담스러웠지만 기분·좋게 입 안 가득 쌈을 집어넣고 씹기 시작했다. 너무 커서 잘 씹히지도 않았지만 쌈장과 고기의 육즙이 흘러나오는 맛이 일품이었기에 절로 행복해졌다.

패딩 조끼가 소주잔을 건넸다.

"자! 술도 한 잔 하세요."

"아, 이거 먹으면 안 되는데."

상진은 자신도 모르게 웃음이 나오는 걸 멈출 수가 없었다. 패딩 조끼가 동료로부터 소주병을 건네받아 상진의 잔을 채우기 시작했다. 어두워서 그랬는지 소주가 잔을 넘쳐 흘렀다.

"아! 그만요, 그만. 하하!"

"아, 이런, 정이 넘쳤는데요?"

"그러게요. 하하."

상진은 쌈을 꾸역꾸역 씹으며 술도 한 잔 했다. 고기 한 점은 두 점이 되고, 두 점은 네 점이 되었다. 술은 말할 것도 없었다. 쌈 하나에 마신 술만 벌써 세 잔째였다.

"여기 주인도 아니시면서 왜 혼자 계세요?"

"일할 게 좀 있어서요."

"조용히 혼자 해야 하는 일인가 보죠?"

"글을 쓰거든요. 시나리오 작가예요."

"와! 애들아! 이분 작가래, 작가!"

"진짜예요? 우와!"

모두 술이 한 잔씩 들어가서 그런지 이전까지 있었던 경계심도 많이 없어졌다. 날카로운 인상의 남자도 제법 장난스러

운 구석이 있다는 사실도 알았고, 뚱뚱이가 늘 불평불만만 하
는 건 아니라는 것도 알았다.

"영화 시나리오인가요?"

"네."

"언제 개봉하는 영화예요?"

"그건 잘 몰라요. 시나리오가 끝나면 그때부터 영화사에서
캐스팅도 하고 하는 거거든요."

"대단하시네."

"작가분의 작품을 위하여!"

날카로운 인상의 건배 제의에 따라 상진도 한 잔 더 마셨
다. 이번엔 상진이 물었다.

"스키 타실 거였으면 가까운 데도 있었을 텐데, 어떻게 여
기까지 오셨어요?"

상진의 질문에 날카로운 인상과 뚱뚱이가 거의 동시에 패
딩 조끼를 돌아보았다. 패딩 조끼는 흠칫했지만 이내 웃는 얼
굴로 대답했다.

"저희가 좀 즉흥적으로 놀러 가거든요. 원래 여행은 그래야
제맛이잖아요."

상진은 고개를 끄덕였다.

"그렇죠. 그게 여행의 묘미죠."

"맞아요, 묘미! 그래서 예약을 하려고 했는데 어디 방이 있

128

어야죠. 그래서 오다보니 여기까지 오게 된 거예요.”

“모두 친구 분들이신가 보죠?”

그들은 서로를 힐끗 보고는 대답했다.

“네.”

“친구 좋죠. 친구를 위하여 원 샷!”

상진은 술을 마시고 쌈을 또 하나 싸서 입에 넣었다. 남자들이 뭐라고 말을 했지만 제대로 들리지도 않았다. 행복감에 그냥 고개를 끄덕이며 무심코 옆을 돌아보았다.

누군가 펜션 옆길을 지나는 것이 보였다. 언뜻 봐도 그가 학수라는 것을 알 수 있었다.

몽롱했던 상진의 정신이 순식간에 또렷하게 제자리로 돌아왔다. 학수는 쇠파이프를 든 채 무표정한 얼굴로 산길을 오르며 상진을 바라보았다. 그와 눈이 마주친 상진은 민망해서 애써 못 본 척했지만 그의 감정 없는 눈빛이 뇌리에 남았다. 상진이 막연하게 상상했던 최악의 상황이 벌어진 것이다.

학수가 산 위로 사라지길 기다렸다가 상진은 벌떡 일어섰다.

“잘 먹었어요.”

“벌써 일어나시게요?”

“네, 덕분에 정말 잘 먹었어요.”

패딩 조끼가 밝은 얼굴로 잡아끌었다.

"에이, 왜요? 같이 더 하시죠? 네? 이제 분위기 막 좋아지고 있는데 이러시는 게 어디 있어요."

"아, 아니에요. 할 일이 남아서요. 오늘까지 끝내야 하는 일이 있거든요."

"그럼 고기 많은데 좀 구워서 갖다드릴까요?"

패딩 조끼의 말에 뚱뚱이가 정색을 하며 돌아보았다.

"뭐?"

상진은 뚱뚱이의 눈치를 살피며 대답했다.

"아니, 괜찮아요. 많이 먹었어요."

"아, 이거 아쉬운데요? 하기야, 오늘만 날이 아니죠. 안 그래요? 하하."

"네, 맛있게 드세요."

"네, 그럼 들어가세요."

펜션은 고기쌈과 술맛에 미련이 남았지만 학수의 표정을 떠올리고는 서둘러 펜션으로 들어갔다.

현관으로 들어선 그는 잠시 현관에 기대섰다가 픽 웃어버렸다. 지금 이게 뭐하는 짓인지 순간 어이없게 여겨졌기 때문이다. 처음 본 사람들과 술을 마시다가 처음 본 사람에게 겁먹어서 이렇게 들어와 버린 자신이 참 없어보였다.

하지만 중요한 건 안전이었다. 다소 비겁하게 보인다 치더라도 안전할 수만 있다면 그게 최선인 것이다. 상진은 아직 입안에 감도는 고기쌈의 잔향을 음미하며 책상으로 향했다.

이젠 정말 글을 마무리해야 할 때였다.

상진은 책상에 앉아 접시에 놓인 삶은 달걀을 바라보았다. 달걀을 보니 좀 전에 먹은 고기 생각이 더욱 간절했다. 학수 그 인간이 뭐라고 이렇게 눈치를 봐야 하는 것인지 스스로도 이해가 되지 않았지만 사람은 육감이라는 것이 있다. 상진의 육감은 그 학수라는 인간이 위험한 인간이라고 아우성치고 있었기에 무시할 수가 없었다.

다시 나갈까 하던 상진은 갈등을 접고 달걀에 손을 뻗었다. 지금 다시 나가서 술자리에 끼는 것도 우습게 보일 테니까 말이다. 하지만 만에 하나 초대를 해준다면……. 때마침 현관문을 두드리는 소리가 들렸다.

상진은 반가운 표정으로 벌떡 일어나 나는 듯이 1층으로 내려갔다.

"네, 잠시만요."

상진은 문을 벌컥 열고나서 순간 멈칫했다. 학수의 심드렁한 얼굴이 앞에 서 있었기 때문이었다. 상진은 간신히 표정관리를 하며 말했다.

"아, 네."

학수는 웅얼거리는 듯한 목소리로 물었다.

"저도 저거 좀 쓰면 안돼요?"

"네?"

학수는 길가를 가리키며 다시 말했다.

"저거요."

상진은 학수가 가리키는 곳을 따라 바라보니 길가 장작더미 근처에 바비큐용 드럼통이 하나 쓰러져 있었고 그 옆 펜션 앞길에 눈에 익은 4륜구동이 세워져 있었다. 차 앞엔 사냥용 조끼 차림의 남자와 상진의 꿈에도 나왔던 야상 차림의 남자가 대답을 기다리듯 서 있었다.

상진은 자신도 모르게 눈을 감으며 고개를 숙였다. 오늘 일진은 한마디로 똥물 튄 날이라고 생각했다. 그는 학수의 기분을 언짢게 해서는 안 된다는 생각에 재빨리 고개를 들었다. 순간 야상 차림의 남자와 눈이 마주쳤다.

저 남자는 어딘지 모르게 사람을 불편하게 만드는 재주가 있었다. 그의 초점 없는 눈빛이 레이저처럼 상진에게 고정되어 있었기에 상진이 할 수 있는 대답은 사실상 한 가지밖에 없었다.

"저도 여기에서 고기 좀 구워 먹으면 안 되냐고요."

상진은 애써 평온한 표정을 지으며 대답했다.

"아, 네, 뭐……."

무표정했던 학수의 표정이 밝아졌다.

"아, 그래도 돼요?"

"네, 쓰세요."

"진짜 괜찮죠?"

"네."

학수는 길가에 있는 남자들에게 손을 들어보이고는 말을 이었다.

"형님도 일 안 하시면 좋은 고기 있으니까, 한 잔 하시는 게 어때요?"

상진은 엷게 웃으며 대답했다.

"아, 저는 할 일이 많아서."

학수는 입가에 미소를 띤 채 콧방귀를 뀌며 되물었다.

"그래요?"

그는 뭔가 다른 말을 하려는 것 같았지만 그 말을 하지는 않았다. 상진은 학수의 태도도 웃긴다고 생각했다. 자신과 사귀는 것도 아니고 다른 사람들과 어울려서 술을 마실 수도 있는 거지, 그거 가지고 이렇게 비꼴 일은 아니라는 생각이 들었다. 이에 대해 한 마디 할까 하다 그냥 입을 다물어 버렸다.

"형님이 같이 드신다면 제가 내려가서 좋은 술도 하나 가져올 텐데. 어때요?"

아무리 좋은 술이라도 악몽에까지 나타난 정체를 알 수 없는 인간들과 마시는 것보다 차라리 혼자서 화학용 알코올을 마시는 게 낫다고 생각했다.

"아, 감사합니다만, 좀 힘들 것 같아요. 죄송합니다."

학수는 상진을 빤히 바라보다 양 손을 벌려 보였다.

"그럼 할 수 없죠. 생각 있으면 내려오세요. 하하."

"네, 그러죠."

학수는 현관문을 닫고는 자신들의 일행이 있는 곳으로 향했다.

상진은 창문을 통해 학수 일행이 하는 것을 잠자코 바라보았다. 그들은 쓰러져 있는 바비큐용 드럼통을 일으켜 세워 장작더미 근처에 자리를 만들었다.

바비큐 자리를 만들면서도 야상을 입은 남자는 스키 타러 온 친구들 쪽을 바라보았다. 분명히 그냥 힐끗 보는 시선이 아니었다. 그는 관찰하듯 그들 쪽을 바라보고 있었다. 이어서 상진이 있는 펜션 1층을 바라보고는 2층으로 시선을 옮겼다. 그를 지켜보던 상진은 깜짝 놀라 뒤로 물러서 창가에서 벗어났다.

너무 서둘러 몸을 숨기는 바람에 바닥에 쓰러진 자신을 돌아보며 또 다시 픽 웃었다. 그는 자리를 털고 일어나 책상 앞에 앉았다.

　노트북 자판에 손을 올려놓았지만 밖에서 흘러들어오는 고기 냄새와 사람들 소리 때문에 집중이 잘 되지 않았다.

"에이, 씨!"

　재떨이에 놓인 담배를 쳐다보던 상진은 냉큼 입에 물고 연기를 깊게 들이켰다가 길게 내쉬었다. 상진은 담배를 입에 문 채 가방에서 이어폰을 꺼내 노트북에 연결했다. MP3 플레이어 프로그램을 클릭하니 그가 좋아하는 조용한 어쿠스틱 기타 연주가 흘러나왔다.

　상진은 맘에 안 드는 듯 다른 음악으로 바꿨다. 곧 이어 시끄러운 헤비메탈이 시작되자 그에 맞춰 고개를 끄덕이며 담배를 또 다시 깊게 빨아들였다.

　담배를 비벼 끈 상진은 잠시 눈을 감고 정신을 집중했다가 노트북 자판을 두드리기 시작했다. 글을 쓰자고 마음을 먹으면 써지는 것이 또 글이기도 했다.

　비겁한 변명을 늘어놓자면 글을 쓰기 싫은 마음이 조금이라도 있으면, 쓰지 않을 구실을 이리저리 찾게 된다. 시끄럽다는 핑계로, 배고프다는 핑계로, 어수선하다는 핑계로. 심지어는 너무 조용하다는 핑계를 대며 글쓰기를 피하는 것이다. 하지만 막상 쓰기로 굳게 맘을 먹으면 글은 써지기 마련이다. 지금처럼 말이다.

　상진은 한참의 시간이 흐른 뒤 화면에 마지막 타이핑을

했다.

「THE END」

글을 시작할 때는 재미있고 흥미로운 아이디어로 시작했다가 그 첫 페이지를 넘기고 나면 언제나 마지막 페이지가 될 때까지 쫓기게 된다. 그런 상황에서 글을 끝내게 되면 그 해방감이란 겪어보지 않은 사람은 알 수 없다.

상진은 뿌듯한 표정으로 기지개를 폈다. 전신에 있는 근육이란 근육은 모두 길게 스트레칭이 될 수 있도록 발가락까지 끝까지 세워 쭉 뻗었다.

이어폰을 빼고 고개를 뒤로 젖혀 잠시 휴식을 취하다가 책상에 올려 둔 돔페리뇽을 쳐다보았다. 이젠 마실 수 있다는 생각에 상진은 흐뭇하게 웃었다. 지금 한 잔 마셔도 좋겠지만 내일 은희가 오면 함께 마시는 것이 더 좋겠다는 생각에 그는 고개를 흔들었다.

그는 와인 대신에 물을 마시러 1층으로 내려갔다. 물을 컵에 따라 마시며 창밖을 바라보았다. 이제 보니 떠들썩했던 밖이 조용해 졌다는 것을 깨달았다. 상진은 물 컵을 든 채 창가로 가서 바비큐 장을 바라보았다.

"응?"

아무도 없었다.

바비큐 통은 남아 있었는데 사람들만 감쪽같이 사라졌다.

뭔가,
이상했다.

7. 토루

　상진은 점퍼를 걸치고 밖으로 나왔다. 바비큐용 드럼통엔 여전히 불이 피워져 있었지만 움직이는 것은 아무것도 없었다. 패딩 조끼 일행 쪽 바비큐 장을 돌아보았지만 그곳에도 아무도 보이지 않았다.

　눈은 계속 오고 있었지만 사방은 쥐 죽은 듯이 고요했다. 상진은 학수 일행이 사용했던 드럼통 쪽으로 다가갔다. 이상하다고 생각은 했지만 막상 아무것도 안 치우고 가버린 모습을 보니 짜증부터 밀려왔다.

　"아, 씨, 치우지도 않고."

　드럼통 안에 불은 계속 타고 있었지만 그릴 옆 불이 닿지 않는 곳엔 뭉텅뭉텅 썬 생고기가 피가 묻어있는 비닐 안에 그대로 있었다.

　"뭐야?"

　뭔가 잘못되었다. 그냥 간 거라면 최소한 고기를 챙겨갔을 텐데 그대로였다. 상진은 조심스럽게 주변을 둘러보았지만 여전히 아무도 보이지 않았다.

상진은 패딩 조끼 일행이 묵고 있는 펜션 쪽 바비큐 장으로 향했다. 가는 도중에도 몇 번씩 주변을 둘러보았지만 인기척조차 없었다.

이쪽은 그나마 그릴 위에 고기 몇 점이 굴러다니고 있었다. 손을 안 댄 지 오래되었는지 이미 새까맣게 타서 숯이 되어 있었다. 그 바닥엔 소주병이 여기저기 굴러다니고 있었고 어떤 건 소주가 든 채 깨져서 술이 흘러나와 있었다.

"다 어디 간 거야?"

양쪽 무리가 함께 어울려서 어디 멀리라도 놀러간 걸까 하는 생각도 들었지만 아무리 생각해도 그럴 일은 없을 것 같았다.

이곳에 올 때 들었던 택시기사의 말이 떠올랐다.

"여름에 계곡에 놀러들 오면 술 먹고 싸움도 엄청 붙지. 하하."

지금이 여름 계곡은 아니었지만 외지인과 토박이들이 한 장소에서 고기를 구워먹었다는 것 자체는 상황이 비슷했다. 택시 기사 말대로 싸움이 벌어질 수도 있었을 것이다. 상진은 펜션 앞 길가를 살폈다. 혹시나 싸우다 누군가 다쳐서 병원이라도 간 게 아닐까 싶어서 말이다. 하지만 길은 아까와 다를

게 없는 상태였다. 차도 두 대 모두 있었고 길가에 새로 난 바퀴 자국도 없었다.

갑자기 귀찮아진 상진은 그냥 생각하기를 멈추고 돌아가려다가 바비큐 장 한쪽 구석에서 누군가의 발을 본 것 같았다.

“누, 누구에요?”

상진은 조심스럽게 발이 보인 곳을 향해 다가갔다. 그게 사람 발인지는 알겠는데 누구 발인지는 알 수가 없었다. 펜션 외벽 쪽에 붙어서 누군가 누워있는 게 보였다. 깜짝 놀란 상진은 자기도 모르게 욕설이 튀어나왔다.

“아이 씨, 깜짝이야.”

빨간 점퍼를 두껍게 입고 있는 꼴이 패딩 조끼 일행 중 불만 많은 뚱뚱이라는 것을 알 수 있었다.

분명 술 처먹고 저렇게 찌그러져 자게 된 것이 분명했다.

“뭐야…….”

저대로 뒀다가 동사라도 하는 날엔 골치 아파질 것이 분명하기 때문에 어떻게 든 깨우는 게 좋겠다고 생각했다.

상진은 주변 눈치를 한 번 보고는 발로 뚱뚱이의 발을 툭툭 찼다.

“이봐요, 이봐요. 일어나요.”

상진은 주변을 한 번 더 둘러보고는 조금 더 세게 걷어찼다. 이 뚱뚱이가 툭툭 뱉은 말에 쌓였던 걸 조금이라도 풀어볼 심

산이었지만 정강이를 차도 반응이 없어 조금 불안해졌다.

"여보세요, 일어나요. 여기서 자면 큰일 나요. 들어가서 자요."

조금 심하다 싶을 정도로 흔들었지만 뚱뚱이는 미동도 하지 않았다.

"이봐요, 아저씨. 아, 참."

도움을 받을 생각으로 주변을 둘러보았지만 여전히 아무도 없었다.

"거 참, 무거워서 들지도 못하겠고."

상진은 자신의 손을 보다 깜짝 놀랐다. 진득한 뭔가가 묻어있었기 때문이었다.

어두워서 잘 보이지 않아 혹시나 하고 냄새를 맡아보았다.

비릿한 냄새가 확 풍겨 올라왔다.

"어?"

분명 피 냄새였다.

상진의 본능은 뭔가 크게 잘못되었다는 것을 깨달았지만 그걸 믿고 싶지 않은 이성은 애써 외면했다.

상진은 뚱뚱이를 다시 잘 살폈다. 그의 가슴팍에 피가 잔뜩 묻어있었다. 이게 몰래카메라 쇼가 아니라면, 이 정도 피를 흘렸으면 살기는 힘들다는 것을 알 수 있었다.

"뭐, 뭐야?"

여태까지 불안하게만 느껴졌던 느낌이 현실로 다가오자 등골이 곧추서며 전신에 소름이 돋았다.

사람이 죽었다!

그냥 느낌이 아니라 실제로 완전히 잘못된 일이 벌어졌다. 바로 이곳에서 말이다. 상진은 두려움에 온몸이 덜덜 떨렸다. 살인자가 이 주변에 있을지도 모른다는 생각에 심장은 미친 듯이 뛰었다.

펜션 끝 코너에서부터 눈을 밟고 오는 발자국 소리가 들렸다. 상진은 다급하게 주변을 살피다가 최대한 발자국 소리를 죽이고 자신의 펜션 뒤편으로 몸을 숨겼다. 입김이 보일까 두려워 상진은 고개를 숙인 채 뚱뚱이 쪽을 바라보았다.

뚱뚱이가 누워있는 제일 마지막 펜션 쪽에서 들린 발소리는 곧 데크를 밟는 소리로 바뀌었다. 깜짝 놀란 상진은 잠시 머리를 뒤로 집어넣었다가 다시 조심스럽게 그쪽을 바라보았다. 뚱뚱이의 발이 누군가에 의해 질질 끌려가는 것이 보였다.

상진은 방망이질 하는 심장을 움켜잡고 펜션 뒤 창문을 열어보았으나 단단히 잠겨 있었다. 이럴 땐 자신의 문단속 습관이 야속하게만 여겨졌다. 상진은 펜션 현관문을 바라보다 아무래도 앞으로 나서는 것은 위험할 것 같아 뒤로 돌아갔다.

가운데 펜션 뒷길을 지나다 부엌 창문을 통해 안쪽에 전화

기가 놓여있는 것이 보였다. 상진은 여전히 주변을 감시하는 것을 게을리 하지 않고 가운데 펜션의 부엌창문을 건드리고 재빨리 다시 몸을 숙였다. 다행히 부엌 창문은 열려 있었다. 상진은 최대한 소리 나지 않게 창문을 열고는 구렁이처럼 몸을 밀착시켜 안으로 들어갔다.

상진은 실내를 조심스럽게 둘러보고는 발소리를 죽이고 거실 TV 쪽으로 향했다. TV 바로 옆 전화기까지의 거리는 얼마 되지 않았지만 몇 백 미터는 되는 것처럼 느껴졌다.

전화기를 집어 들고 경찰에 신고를 하려는 순간 화장실에서 인기척이 들렸다. 상진은 부엌에서 칼을 꺼내들고 조심스럽게 화장실 쪽으로 다가갔다. 먼저 오른쪽 문을 열어보니 침대만 놓여있고 아무도 없었다. 거실 쪽을 한 번 더 살핀 상진은 숨을 죽이고 화장실 문을 조심스럽게 열었다.

정면에는 아무도 없었으나 옆을 보니 유미가 웃옷을 벗은 채 머리를 올려 묶고 있었다. 눈치 채지 못하던 유미는 거울을 통해 상진과 눈이 마주쳤다. 깜짝 놀라긴 상진도 마찬가지였다.

유미는 반사적으로 양손으로 가슴을 가리며 비명을 질렀다. 상진의 눈은 본능적으로 유미의 가슴으로 향했고 그로 인해 비명소리는 더욱 커졌다.

"꺄악!"

상진은 손가락을 자신의 입에 대고 진정시키려고 최대한 낮은 자세로 말했다.

"쉿! 조용히 해요! 조용히!"

상진의 말은 들리지도 않는 듯 유미는 계속 소리를 질렀다. 이러다가 밖에서 돌아다니는 살인자의 주의를 끌게 될까봐 상진은 속이 타들어갔다.

"쉿! 쉿! 좀 조용히 좀 해요!"

"아아!"

유미는 벗던 웃옷을 가지고 화장실 밖으로 도망치려 했다. 이대로 두면 우리 둘 다 죽는 건 시간 문제였다. 여기서 이렇게 뚱뚱이처럼 고기를 구워먹다가 개죽음을 당할 수는 없는 일이었다.

상진은 유미를 붙잡아 입을 틀어막았다. 그녀는 발버둥을 치며 소리를 질렀으나 상진의 손에 막혀 소리가 나오지 않았다.

상진은 애원하듯 그녀에게 말했다. 낮았지만 힘이 들어간 목소리로 그녀의 귀에 대고 말했다.

"제발, 조용히 좀 해요! 지금 누가 펜션에서 사람을……."

상진은 손에게 찢어지는 고통을 느꼈다. 고통과 당혹감으로 칼을 떨어뜨렸다.

"으악!"

유미는 상진이 주춤하는 순간 화장실 밖으로 도망쳤지만 허둥대는 통에 발이 걸려 넘어졌다. 꽤나 심하게 넘어졌지만 다시 일어나 다리를 절룩거리며 도망치기를 포기하지 않았다.

상진은 손을 살펴보았다. 유미가 깨문 이빨자국이 선명하게 남아 있었다. 얼마나 심하게 물어뜯었는지 일부는 살점이 뜯겨진 채 피가 흐르고 있었다. 상진은 거실로 나가 현관 밖으로 도망친 유미와 거실의 전화기 사이에서 갈등했다.

경찰에 신고하는 것도 중요했지만 지금 당장은 알몸으로 뛰쳐나간 유미를 먼저 찾아야 했다. 밖에서 돌아다니고 있을지도 모를 살인자의 손에 죽기 전에 말이다. 상진은 손을 움켜쥐고 펜션 밖으로 쫓아 나갔다.

그 몸으로 어디를 간 것인지 유미의 모습은 보이지 않았다. 아무리 둘러봐도 어디로 갔는지 알 수가 없었다. 상진은 방금 나온 펜션의 위쪽을 돌아보았다. 상진은 위쪽을 향해 무조건 뛰기 시작했다.

한참을 뛰어 올라가고 나서야 상진은 뒤를 돌아보았다. 어느 새 펜션이 저 아래에 작게 모여 있었다. 그는 가쁜 숨을 몰아쉬며 펜션을 자세히 살폈다. 역시 아무런 움직임도 보이지 않았다.

상진은 좀처럼 가라앉지 않는 호흡을 가라앉히며 손을 다

시 살펴보았다. 추위와 긴장 때문에 아픔은 잘 느껴지지 않았지만 여전히 피는 조금씩 배어 나왔다. 눈에 피를 닦아내고는 다시 빠르게 발걸음을 옮기기 시작했다.

* * *

산을 빙 돌아 펜션 앞 계곡으로 내려온 상진은 불안한 눈으로 주변을 살피며 펜션으로 향했다. 유미가 다친 발로 멀리까지 도망쳤을 리는 없다는 생각에 다시 돌아온 것이다.

하지만 이젠 유미의 안전 따위는 안중에도 없었다. 빨리 이 지옥 같은 곳에서 벗어나고 싶을 뿐이었다. 유격 훈련을 받는 것처럼 상진은 최대한 몸을 낮추고 조심스럽게 펜션 쪽으로 향했다.

펜션 양쪽은 모두 문이 잠겨 있었고 가운데는 자신이 열고 나온 그대로 방치되어 있었다. 상진은 자신의 펜션으로 향하면서도 나머지 펜션의 동태를 살피는 데 여념이 없었다. 현관문 앞 낮은 계단을 나는 듯이 올라간 상진은 소리를 죽인 채 그대로 곧바로 2층으로 올라가 짐을 챙기기 시작했다. 가장 먼저 책상에 두었던 휴대폰부터 챙기고 가방을 집어 들었다.

"빨리빨리, 빨리빨리!"

구호라도 외치는 듯 웅얼거리며 파일을 저장한 노트북을

149

챙겨 넣고 나머지 물건들도 눈에 보이는 대로 가방에 쓸어 담았다. 가방을 한참 챙길 때 밖에서 발자국 소리가 들렸다. 그 소리를 신호로 상진의 모든 동작도 멈추었다. 심지어는 그의 심장도 함께 멎은 듯 순식간에 고요해졌다.

다시 발자국 소리가 들리고 현관문 앞에서 서성이는 기척이 느껴졌다. 상진은 다급한 마음에 주변을 둘러보다 구석 창문을 발견했다. 잘하면 빠져 나갈 수 있을 것 같았다.

상진은 창문을 열고 밖으로 빠져 나왔다. 안에서 현관문이 열리는 소리가 들리자마자 몸을 굴려 1층으로 뛰어내렸다. 쌓인 눈이 낙하 충격과 함께 소음도 함께 막아 주기를 기대할 뿐이었다.

"윽."

생각보다 충격은 크지 않았지만 예상보다 높은 높이였기에 조금 놀라 입에서 신음소리가 흘러 나왔다. 그는 잠시 누워 있다가 조심스럽게 몸을 일으키고는 펜션 옆 길 아래쪽으로 도망치기 시작했다. 다급해서 가방이고 뭐고 다 놓고 왔지만 휴대폰만큼은 주머니에 그대로 들어있었다.

휴대폰을 꺼내 경찰에 신고를 하려고 112를 눌렀지만 먹통이었다.

"이런, 젠장!"

상진은 신경질적으로 휴대폰을 흔들고는 다시 귀에 대기를

반복하다가 우뚝 멈춰 섰다. 눈앞에 보이는 시커먼 길이 마치 괴수의 아가리처럼 느껴졌다. 상진은 재빨리 길 옆 산 위로 방향을 돌려 몸을 숨겼다.

나뭇더미 밑으로 숨어든 상진은 차가운 눈에 거의 파묻혔지만 뛰어다녔기에 차가운 줄도 몰랐다. 다만 거슬리는 것은 헐떡일 때마다 입에서 뿜어져 나오는 입김이었다. 상진은 최대한 숨을 코로 내쉬며 상황을 주시했다.

그의 숨소리가 고르게 잦아들 때쯤 그의 앞으로 발자국 소리가 선명하게 들렸다. 그는 자신의 손으로 입을 틀어막았다.

아주 천천히 탐색하듯 눈을 밟는 발자국 소리가 들렸다. 그가 숨어있는 곳의 양 옆이 막혀서 제대로 보이지는 않았지만 소리는 지척까지 가까워지고 있었다. 상진의 심장은 미친 듯이 뛰었다. 저게 만약 살인자라면 발견되는 즉시 자신도 죽을 거란 생각에 턱이 덜덜 떨릴 정도였다.

가까워지던 발자국 소리는 다시 멀어지기 시작했다. 긴장한 중에도 멀어진다는 것에 아주 조금의 안도를 하던 상진은 숨을 삼켰다.

멀어지던 발자국 소리가 우뚝 멈췄기 때문이다. 발자국 소리의 주인은 주변의 소리를 감지하듯 아무 소리도 내지 않았다. 상진은 턱까지 차오르는 숨을 참았다.

한동안 들리지 않았던 발자국 소리가 다시 시작되었다. 그

리고 상진의 바로 앞에 전투화를 신은 발이 절룩이며 나타났
다. 멀어지고 있다고 생각했던 발자국이 사실은 다가오고 있
었던 것이다.

상진은 또 다시 숨을 삼켰다. 눈동자 굴리는 소리가 들릴까
두려워 시선도 한 곳에 고정했다. 절룩거리는 전투화는 그의
눈앞을 지나 펜션 쪽으로 향하고 있었다.

발자국 소리가 안 들리게 된 한참 후에도 상진은 여전히 숨
을 죽이고 있었다.

활발한 움직임으로 올랐던 그의 체온이 내려가 추위가 느
껴질 때 쯤, 상진은 조심스럽게 움직이기 시작했다. 저 전투
화라면 분명 산에서 만났던 야상을 입은 놈이 분명했다. 다리
를 절지는 않았던 것 같지만 다쳤을 수도 있으니 그건 중요한
게 아니었다.

상진은 다시 눈보라 치는 산 속을 헤집고 달리기 시작했다.
숨이 턱까지 차올라 더 이상 뛰기가 힘들어진 상진의 속도가
눈에 띄게 줄어들었다. 하지만 힘들다고 이대로 포기할 순 없
는 일이었다. 이런 곳에서 미친놈에게 살해당해서 죽을 수는
없는 일이었다. 시나리오도 다 썼고 크게 터질 일만 남았다.
이대로 무기력하게 죽을 수는 없었다.

상진은 뛰다가 주저앉았다. 다리에 힘이 풀려 주저앉은 거
라고 생각했지만 뭔가가 발에 걸려 있었다. 놀란 얼굴로 발을

들어 보니 올무가 걸려있었다.

다행이었다. 덫이라도 있었으면 중상을 입을 뻔했다.

상진은 올무를 풀어버리고는 앉은 김에 잠시 숨을 고르며 쉬었다. 꽤 멀리 도망쳤다는 생각에 약간의 여유가 생기며 주변을 두리번거렸다. 그때 스치고 지나듯 뭔가 보였다.

상진은 놀라 방금 스치듯 본 곳에 시선을 고정했다. 좀 거리가 있긴 했지만 분명 사람의 모습이었다. 자신을 빤히 바라보고 있는 모습에 심장이 덜컥 내려앉았다. 하지만 뭔가 어색해 보였다. 그는 웃통을 벗은 채 나무에 반쯤 기대 누워 있었고 그 옆엔 배낭이 놓여 있었다. 그의 맨살 위로 눈이 쌓여있는 걸로 보아 죽은 게 분명했다.

좀 자세히 보기 위해 일어서는데 갑자기 뒤에서 급하게 다가오는 발자국 소리가 들렸다. 상진은 재빨리 뒤를 돌아보았다. 그의 눈에 들어온 것은 날아드는 쇠파이프였다. 파이프에 맞아 쓰러지면서도 분명히 본 적이 있는 쇠파이프라고 생각했다. 정신을 잃기 직전에 학수가 들고 다니던 파이프라는 것을 떠올렸다. 너무 늦었지만.

8. 대화

머리가 쪼개질 듯이 아팠다. 아니 쪼개진 것은 아닌지 걱정
이 될 정도로 두통이 심했다. 눈에 횟가루를 붙인 것처럼 무
거워서 잘 떠지지 않았다. 당장은 움직일 수 있는 것만으로
감사했다. 적어도 살아있다는 증거였으니까.

"으윽."

셔터를 밀어 올리듯 간신히 눈꺼풀을 들어올렸다. 한 번
눈을 뜨니 그 다음부터는 눈을 깜빡이는 것이 점점 더 쉬워
졌다.

맞은 충격 때문인지 초점이 제대로 맞지 않았지만 앞에 보
이는 것이 전등이라는 것은 알 수 있었다. 초점이 서서히 맞
춰지며 주변의 사물이 하나 둘 보이기 시작했다. 어딘가의 거
실인 것은 분명했지만 어디의 거실인지는 잘 인지가 되지 않
았다.

눈을 비비려 했지만 손이 움직이지 않았다. 그제야 자신이

의자에 묶여있다는 것을 깨달았다. 다른 건 몰라도 이렇게 묶여있다는 건 확실히 좋지 않은 상황이라는 건 분명했다. 상진은 몸을 움직였지만 어디를 어떻게 묶은 건지 꼼짝달싹 할 수가 없었다.

"어라?"

분명 유미의 목소리였다. 그녀의 목소리 하나에 이곳이 펜션, 그것도 유미가 묵었던 펜션의 거실이라는 것을 알아차릴 수 있었다. 유미는 거실과 방을 잇는 짧은 복도에서 나오며 상진에게 말했다.

"이 새끼 눈 떴네?"

상진은 비아냥거리는 유미를 보는 순간 눈에 불이 들어왔다. 다 자기를 살리려고 그랬던 건데 저 멍청한 년은 자기가 죽을 뻔한 것조차 모르고 있었다. 상진은 유미를 향해 소리를 버럭 질렀다.

"뭐야? 이거!"

"뭐긴 새끼야! 너 같은 새끼는 평생 콩밥이나 먹어야 돼."

"뭐하는 거요, 지금! 왜 이러는 거냐고!"

유미는 절룩거리며 소파로 가서 앉았다. 화를 내를 상진을 보며 유미가 말했다.

"왜? 왜 그러냐고? 이 미친 새끼야! 왜 그러냐고? 몰라서 물어?"

“정신 차려, 정신! 당신 지금…….”

“너나 정신 차려 이 미친 새끼야! 강간하려고 한 새끼가 무슨 말이 이렇게 많아!”

“뭐, 뭐요?”

유미는 어이없다는 듯 콧방귀를 뀌며 자신의 발목을 살펴보았다.

“이거 흉터 남으면 어쩌지? 에이 정말.”

상진은 기가 막혀서 말이 나오지 않았다.

“무슨 소리하는 거요? 난 당신을 구해주려고…….”

“뭘 구해줘? 새끼야! 뭘 구해줘! 너 이 새끼 두고 봐. 이거 다친 것까지 전부 손해배상청구해서 다 탈탈 털어줄 테니까. 넌 이제 좆 됐어.”

상진은 트레이닝복이 걷어 올려 진 유미의 다리를 보았다. 발목에 천이 감겨 있었고 그 앞 테이블 위에는 천 조각과 칼이 놓여있었다. 상진은 최대한 유미를 자극하지 않을 말을 떠올렸다. 이대로라면 잘 풀려봐야 강간미수범으로 철창신세를 지는 게 최상일 것 같았다. 상진은 목소리를 차분히 가라앉히고 입을 열었다.

“이봐요. 그게 어떻게 된 거냐면…….”

화장실에서 변기 물이 내려가는 소리가 들렸다. 유미 혼자가 아니라는 사실에 상진은 입을 다물었다. 짧은 복도에서 모

습을 들어 낸 것은 학 였다.

불량하고 말 많은 그 학수.

학수를 본 상진의 눈이 흠칫 놀랐다. 자신을 때린 놈은 분명 그였기 때문이었다. 학수는 상진을 무표정한 얼굴로 한 번 쳐다보고는 유미에게 다가가 어색하게 물었다.

"좀 어때요? 계속 아파요?"

"네. 아파요!"

유미는 원망하듯 상진을 노려보며 욕지거리를 했다.

"저 새끼 진짜!"

학수도 유미를 따라 상진을 쳐다보았다. 상진도 학수를 함께 바라보았다. 이럴 줄 알았으면 밀어내지 말고 좀 친하게 지내둘 걸 하는 비겁한 생각과 더불어, 지금 상태로는 도망치거나 이길 수 있는 방법이 없으니 상황을 지켜보는 게 좋겠다는 현실적인 생각이 들었다.

"그래도 아저씨가 이렇게 해줘서 좀 나아졌어요."

유미의 부드러워진 목소리에 학수의 시선도 유미에게 돌아갔다.

"다리 좀 소파 위에 걸치고 있어요. 그럼 덜 부을 거예요."

"아저씨, 내 친구들 올 때까지 여기 좀 같이 있어 줄 수 있어요?"

학수는 상진을 등지고 소파에 앉으며 조금은 쑥스러워하는

말투로 대답했다.

"네? 뭐 나야 상관없죠."

유미는 자신의 상처를 살피다가 또다시 화가 났는지 상진을 노려보며 소리쳤다.

"아, 진짜! 야! 내가 그렇게 만만해 보였냐? 내가 네깟 거한 테 당할 줄 알았어! 아휴 저 새끼가 진짜! 너, 내 친구들 오면 너 좆 됐어! 걔네들이 어떤 애들인 줄 알아? 모르지? 어쨌든 넌 좆 됐어 새끼야."

상진은 뒤돌아 앉아있는 학수의 등을 바라보았다.

진짜 좆 된 게 자신일지, 아니면 앞에서 전후사정도 모르고 떠들고 있는 유미일지 알 수는 없었다. 어쩌면 우리 두 사람 모두 망한 걸 수도 있었다. 확실한 건, 저 여자가 그렇게도 믿고 있는 친구들은 이미 시체가 되었을 확률이 높다는 것이다.

유미는 상진을 잡아먹을 듯이 노려보며 소리 질렀다.

"말 좀 해봐 새끼야! 대체 무슨 생각으로 그런 짓거리를 한 거야? 하고 싶으면 혼자 잡고 흔들지 나를 넘봐? 응?"

상진은 학수에게 시선을 고정한 채 최대한 침착하게 말했다.

"조용히 해요."

유미는 어이없다는 표정으로 반문했다.

"뭐라고?"

"조용히 좀 하라고."

"미친 새끼, 지랄하네! 병신 같은 새끼가. 흥!"

상진은 여기서 빠져나간다고 해도 저런 멍청한 건 구하지 않겠다고 다짐했다.

유미는 더 이상 손댈 곳도 없는 상처를 이리저리 계속 둘러보며 뭔가를 끊임없이 찍어 바르고 있었다. 그녀는 자기가 할 수 있는 유일한 일이 그것인 것처럼 집중하면서도 입을 다물지 않았다.

"내 친구들이 어떤 애들인 줄 알아?"

이미 죽은 사람들의 살아생전 이야기에는 관심이 전혀 없었지만 손이 묶여 있어 귀를 막을 수도 없었다.

"우리 동네에서 알아주는 싸움꾼들이라고. 전부 특공대 출신이라고. 특공대 알아? 걔네들 손에 걸리면 어떻게 되는 줄 모르지? 바지에 오줌 지를 정도로 두드려 맞아서 반병신 된다고. 알아?"

특공대라는 부대가 있는지는 상진도 알 수 없었다. 상진이 아는 특별한 부대는 자신이 나온 해병대나 공수전문인 특전사 밖에 없었다. 수많은 특수부대가 있겠지만 관심도 없고 관계도 없었다.

상진은 지금까지도 자신이 왜 해병대를 지원해서 갔는지 아직도 이해가 가지 않았다. 어릴 때부터 영화를 하겠다며 돌아다니던 그를 아버지가 반 강제로 넣은 것도 하나의 이유가 되었고, 해병대에 꽂힌 친구를 따라 나선 것도 이유가 되었지만 정작 본인이 그 힘든 부대를 왜 갔는지는 아직도 이해 불가였다.

어쨌든 하루하루를 버티다 보니 어느새 전역을 하게 되었고 해병대를 나와서 얻은 건 도처에 깔린 해병대들 때문에 사회생활을 하면서도 경례를 해야 하는 번거로움 뿐이었다. 그래서 상진은 해병대 출신이라는 것을 최대한 숨긴다. 해병대는 좋은 선배만 있는 것은 아니기 때문이다.

상진은 유미를 한심한 듯 바라보았다. 남자들이 군대에 대해 말하는 기본적인 허풍과 패딩 조끼 일행의 껄렁거리는 언행을 고려하면 그들이 '특공대' 출신일 리도 없었다. 더구나 특수부대를 나왔다고 해서 모두 싸움의 달인이 되는 건 아니라는 것이다. 그것을 잘 알고 있었기에 상진은 최대한 몸을 사리며 지내는 것이다. 바로 지금 이 순간처럼.

그보다 걱정이 되는 것은 유미의 지능이었다. 지능이 약간 모자란 건 아닌지 걱정이 앞섰다. 다 큰 어른이 십대 애들처럼 누가 주먹이 세고 누가 서열이 위인지 떠벌이는 건 아무 도움이 되지 않았다. 어쩌면 바로 앞에 앉아있는 살인자를 더 자극하게 되는 것은 아닐까 걱정이 되었다.

상진은 학수의 눈치를 살폈지만 그는 아직 움직임이 없었다. 유미에게 조용히 하라고 말하고 싶었지만 그럴수록 더 떠

들 것이 분명하기 때문에 그냥 입을 다물었다.

*　　*　　*

조금씩 내리던 눈은, 이제 눈보라가 되어 거의 태풍처럼 휘날리고 있었다. 창밖을 때리는 눈 소리에 상진은 잠시 감았던 눈을 떴다. 깜빡 잠이 든 모양이었다. 이런 상황에 잠이 든 것이 당황스러웠지만 그동안 뛰어 다닌 걸 생각하면 무리도 아니었다.

거실을 둘러보니 테이블에 다리를 올린 채 유미는 졸고 있었고 학수는 그런 유미를 빤히 바라보고 있었다. 학수는 그녀의 매끈한 다리를 훑듯이 바라보다 유미가 뒤척이자 재빨리 고개를 돌렸다.

학수는 한숨을 쉬고는 휴대폰을 꺼내 이리저리 움직여 보았다. 안테나가 안 뜨는지 허공에 휴대폰을 한참 흔들다가 자리에서 일어나 펜션 밖으로 나갔다.

지금이 기회였다. 상진은 유미에게만 들릴 정도의 목소리로 그녀를 불렀다.

"저기요! 저기요!"

몇 번을 더 부르고 나서야 유미가 짜증난 듯 찡그린 얼굴로 눈을 떴다.

"뭐야?"

"당신 친구들 중에 빨간 잠바 입은 남자 있죠?"

"그래, 왜?"

"내가 좀 전에 그 사람이 밖에 쓰러져 있는 걸 봤거든요."

유미는 부스스 일어나 앉으며 대답했다.

"뭔 헛소리야? 꿈꿨냐?"

상진은 솟는 짜증을 간신히 참으며 말했다.

"가슴에 피를 잔뜩 흘리고 쓰러져 있었다고요!"

"애쓴다, 애써."

상진은 포기하지 않고 말을 이었다.

"그 사람보고 무슨 큰일 났다 싶어서 신고하려고 여기 들어온 거라고요! 진짜 모르겠어요?"

"왜 신고를 여기까지 기어와서 하는 건데?"

"전화기가 여기밖에 없다고요, 여기밖에!"

"흥."

상진은 욕이 튀어 나가려는 걸 간신히 참고 다소 올라간 톤을 다시 내리며 말을 이었다.

"그래서 신고하려고 들어왔다가 화장실에서 무슨 소리 들려서 가봤던 거라고요. 아시겠어요? 다 오해라니까요?"

"지랄한다. 그딴 소리는 나중에 경찰 오면 하든지 말든 해. 나한테 해봐야 다 필요 없으니까. 너 감방에 처넣을 거야. 그

러니까 헛소리 작작해."

유미는 다시 흥미를 잃은 듯 자려고 소파에 다시 드러누워 눈을 감았다.

"이봐요, 이봐! 지금 잘 때가 아니라고. 숲 속에도 사람이 쓰러져 있었다니까! 옷은 다 벗겨지고 그 위에 눈이 쌓여서 는……."

유미는 누운 채로 눈만 표독스럽게 떴다. 그녀는 금방이라도 물어뜯을 듯 말했다.

"야! 너 진짜 조용히 해라. 걔네들한테 죽는 수가 있다."

상진은 답답해서 소리라도 지르고 싶은 심정이었다.

"좋아요, 좋아. 그럼 당신 친구들 부르면 되겠네. 응?"

"흥."

"친구들 부르면 금방 해결 되잖아요!"

유미는 눈을 감으려다 다시 상진을 노려보았다. 상진은 자신의 말이 진실이라는 것을 증명이라도 해보일 것처럼 묶인 몸을 흔들며 말했다.

"이봐요! 진짜라니까! 그럼 지금 당신 친구들 다 어디 있는데? 응? 어디 있는데?"

"너 진짜 끝까지 이럴래?"

"친구들한테 연락해보면 금방 알 거 아니냐고!"

유미는 뭐라고 대꾸를 하려다 말고 무시하기로 맘을 먹었

는지 다시 눈을 감았다. 하지만 상진은 포기하지 않았다.

"진짜라고요. 내가 확실히 봤다고. 가슴에서 피가 엄청나게 흘러나와서 바닥에 잔뜩 고였다니까!"

약간 과장해서 이야기를 한 감이 있었지만 최대한 자극적으로 말해 유미가 믿게 만드는 것이 중요했다. 아니 믿지 않아도 좋았다. 관심을 갖거나 두려움을 갖게 해서 그녀의 친구들을 부를 수만 있어도 성공이었다.

"지금 이러고 있을 때가 아니라니까? 빨리 도망쳐야 돼요. 저 사람들이 뭔 일을 저지른 게 분명하다니까!"

유미는 무시하고 눈을 감고 있다가 벌떡 일어나 앉으며 노려보았다.

"그 새끼 진짜 더럽게 시끄럽네! 야! 걔네들 스키 타러 갔거든?"

상진은 최대한 침착하게 설명했다.

"아까 눈 온다고 다시 돌아왔었어요. 그래서 요 앞에서 고기 구워먹고 있었고. 그때 저도 같이 먹었어요."

"병신, 나도 좀 먹다 들어왔거든? 걔네들 술 먹고 스키 타러 간다고 그랬어. 걔네가 원래 술 쳐 먹고 스키 타는 거 전문이야."

"정말 확실해요?"

"그 새끼 진짜."

"스키 타러 가는 거 봤어요?"

상진이 다그치듯 묻자 유미는 갑자기 확신이 서지 않는지 대답을 하지 못했다. 상진은 놓치지 않고 말을 이었다.

"잘 들어봐요. 일단은 피하고 보자고요. 지금 내가 하는 말이 가짜면 날 죽여요, 진짜! 지금 이런 얘기 할 때가 아니라니까요. 일단 살아야 나중에 시비를 가리든지 말든지 할 거 아니에요. 네? 이것 좀 풀어줘요. 빨리!"

유미는 미심쩍은 표정으로 물었다.

"그럼 저 사람이 내 친구들을 어떻게 했단 말이야?"

"네, 그런 것 같아요. 빨리 도망쳐야 돼요. 우리도 어떻게 될지 몰라요. 빨리 이것 좀 풀어줘요. 저 사람 들어오기 전에 도망쳐야 된다니까요?"

잠시 생각을 하던 유미는 테이블 위에 있던 두루마리 휴지를 상진에게 던지며 말했다.

"이 개새끼가 어디서 약을 팔아? 진짜 큰일 날 새끼네. 내 친구들 졸라 쌈 잘하거든? 우리 동네에서 짱 먹는 애들이야. 아까 말했지? 네가 그 따위 소리 지껄이면 아이고 같이 도망쳐요. 살려주셔서 감사합니다. 이럴 줄 알았냐?"

앞뒤가 막혀도 멍청한 인간이 막히면 약이 없다는 말이 사실인 모양이다. 하지만 상진은 포기할 수가 없었다. 목숨이 걸려있는 일에 포기라는 단어는 없는 것이다.

“병신새끼. 내가 봐 줄라고 했는데 안 되겠어. 넌 콩밥 제대로 먹일 거야, 내가.”

“미치겠네. 진짜! 진짜라니까! 그럼 친구들한테 전화 좀 해 보라고! 좀! 확인 한 번 해보면 바로 알 수 있을 거 아니야!”

“야! 스키타면서 누가 전화를 받냐? 그리고 여기 전화도 안 터져!”

“진짜, 미치겠네.”

그때 학수가 고개를 갸웃거리며 안으로 들어섰다. 학수는 들어서자마자 상진과 유미를 번갈아 봤지만 상진은 입을 다물어 버렸다.

학수는 휴대폰을 손에 든 채 다시 등을 돌리고 소파에 앉으며 말했다.

“이상하네. 전화가 왜 안 되지? 친구들은 어디 갔어요?”

유미는 일어나 앉으며 학수를 빤히 보며 말했다.

“아저씨가 죽였잖아요.”

학수는 깜짝 놀란 목소리로 대답했다.

“네?”

깜짝 놀란 것은 학수만이 아니었다. 상진의 가슴도 철렁하며 주저앉았다. 저 눈치 없는 인간이 사고를 치고 말았다. 상진은 이 일이 어떻게 돌아갈지 두려운 눈으로 바라보았다.

유미는 상진을 턱으로 가리키며 말했다.

"저 새끼가 그러는데 아저씨가 내 친구들 다 죽였다는데?"

학수의 매서운 얼굴이 천천히 뒤로 돌아 상진에게로 향했다.

"뭐요?"

상진은 그의 매서운 시선을 피하느라 고개를 숙일 수밖에 없었다. 유미는 여전히 장난치듯 학수에게 물었다.

"내 친구들 왜 죽였어요?"

학수는 심란한 표정으로 상진을 계속 쳐다보았지만 상진은 계속 고개를 들지 않았다. 지금 이 순간 만큼은 저 여자가 죽어버렸으면 좋겠다고 생각했다.

"웃기는 새끼야, 저거."

학수는 그제야 유미를 돌아보며 다시 물었다.

"친구들 어디 갔는데요?"

"걔네들 다 스키 타러갔어요. 원래 술 처먹으면 돈 내기 스키 타는 애들이에요."

학수는 또 다시 상진을 쳐다보다 다시 밖으로 나갔다. 학수가 나가자마자 유미는 약 올리듯 상진을 노려보며 말했다.

"넌 뒈졌어."

상진은 아무 대꾸도 하지 않았다. 말을 섞기도 싫었다. 말을 할수록 일이 더 꼬일 것 같은 생각에 말을 하지 않은 것이 낫다는 생각이 들었다. 하지만 그럴 수도 없는 일이었다. 선

택의 여지가 없나는 게 가장 화가 났다.

이런 상황에서도 편하게 눈을 감고 잠을 청하는 유미에게 다시 입을 열었다.

"어이! 그럼 차 있나 확인 해봐요."

눈을 감고, 들은 척도 안 하는 유미에게 상진은 인내심을 갖고 다시 말했다.

"차 있는지만 확인해 보라니까."

유미는 할 수 없이 일어나 대충 창밖을 보고는 건성으로 대답했다.

"안 보이거든?"

"길이 미끄러워서 밑에 세워뒀어요. 그래서 여기서는 안 보여요. 아니, 이럴 때가 아니라 진짜 빨리 도망쳐야 돼요. 저 사람 전과자에요. 교도소에서 나온 지 며칠 안 됐다고."

"아, 진짜, 이 강간범 새끼가."

현관문이 다시 열리고 학수가 들어섰다. 그의 손엔 술병이 하나 들려 있었다. 그는 부엌에 가서 잔을 하나 챙겨 들고 식탁에 앉았다.

학수가 들고 온 술병을 보니 그 안에 입을 쫙 벌리고 죽어 있는 뱀이 한 마리 들어있었다. 잔에 술을 따른 학수는 야쿠르트 빨대를 꽂더니 술을 빨아서 마셨다. 술을 빨아 마시던 학수가 상진을 힐끗 쳐다보았다. 상진은 그의 시선을 미처 피

하지 못하고 받아냈다. 그의 모습에서 형언할 수 없는 기괴한 느낌을 받았다.

그때 유미가 눈을 뜨고 일어나 앉아 학수를 바라보았다.

"아저씨!"

술을 마시던 학수가 놀라 대답했다.

"네?"

학수는 가만 보면 유미가 말을 걸 때마다 깜짝 놀라는 경향이 있었다. 분명 여자 경험이 별로 없는 친구가 분명했다. 그건 물론 상진 자신도 크게 다르지 않았지만.

"그거 뭐에요?"

유미의 질문에 학수는 아까처럼 약간 부끄러워하며 대답했다.

"아, 이거 술인데요."

"무슨 술인데요?"

"그냥 몸에 좋은……."

"그거 나도 한잔 줘요."

"네?"

"아이 씨! 술이나 먹고 자야겠어요. 저 새끼 때문에 열 받아서 잠이 와야 말이지."

"이거 드실 수 있겠어요?"

"왜요? 뭔데요?"

172

“뱀술인데.”

“뭐요? 뱀이요? 한번 봐요!”

학수는 술과 잔을 들고 거실 테이블 위에 올려놓았다. 유미는 신기한 듯이 술병을 통째로 들고 안을 들여다보았다. 술병을 기울이는 대로 뱀이 흔들리며 똬리를 감았다 풀기를 반복해서 마치 살아있는 것처럼 보였다.

“와! 진짜 뱀이네?”

“한 잔 드려요?”

“왜요? 안돼요?”

“아니, 그게 아니고…….”

망설이던 학수는 잔에 술을 조심스럽게 채워 유미 앞으로 내밀었다. 그 모습을 바라보던 유미가 물었다.

“이거 맛있어요?”

“하하, 맛있죠. 진짜 귀한 술이에요.”

유미가 잔을 들고 마시려고 하자 학수가 그녀의 팔을 잡았다.

“잠깐!”

학수는 주머니에서 야쿠르트 빨대를 꺼내 비닐껍질을 벗겨 유미에게 건넸다.

“뭐에요?”

“빨대요.”

“이걸로 뭘 하라고요?”

“이걸로 먹어야 돼요.”

“네? 어떻게 마시는 건데요?”

학수는 시범을 보이듯 빨대를 꽂아 술을 마시고 말했다.

“이렇게 목구멍으로 그냥 들어가게. 이빨에 닿지 않게.”

“왜요?”

“잘못 먹으면 이빨 몽땅 빠져요.”

“네? 진짜요?”

“뱀독이 약한 잇몸에 닿으면 그렇다는데 사실은 저도 잘 몰라요.”

“빠진 사람 봤어요?”

“아니요.”

“그럼 어떻게 알아요?”

“원래 그런 거래요.”

유미는 다시 술을 바라보며 말했다.

“진짜 이게 몸에 좋아요?”

“아! 그럼요. 진짜 먹어 본 사람은 안다니까요.”

“이빨 빠지면 어떡해요?”

“안 빠져요.”

“왜요?”

학수는 빨대를 들어 보이며 대답했다.

“빨대로 마시잖아요.”

유미는 잠시 망설이다가 학수가 가르쳐준 대로 빨대를 꽂아 술을 마셨다. 유미가 빨대를 문 입술과 술을 넘기는 목선을 학수가 음흉하게 바라보며 말했다.

“어때요?”

“음, 먹을 만하네.”

학수는 기분 좋은 듯 웃으며 말했다.

“거봐요. 좋죠? 이거 진짜 귀한 거예요.”

“아! 오늘은 술 안 먹으려고 했는데. 저 새끼 때문에 술이 확 땅기네. 그런데 안주 없어요? 안주?”

“안주?”

학수는 뭔가를 떠올린 표정이었지만 살짝 주저하며 말을 이었다.

“있긴 한데. 혹시, 육회 좋아해요? 육회?”

“육회요? 장난해요? 완전 좋죠!”

학수는 안심한 듯 웃으며 일어섰다.

“그럼 잠깐만 기다려요.”

학수가 신나서 현관문을 나서는데 유미가 불현 듯 물었다.

“그런데 아저씨 전과자예요?”

학수는 깜짝 놀란 얼굴로 돌아보았다.

“네?”

“저 새끼가 아저씨 전과자래요.”

학수는 상진을 노려보았다. 상진의 눈엔 그때까지 보아온 학수의 표정 중에 가장 무섭게 보였다. 학수는 가던 걸음을 되돌려 거실 테이블 위에 있는 칼을 집어 들며 말했다.

“전과자요?”

학수는 칼을 든 채 상진에게 다가갔다. 상진은 자신도 모르게 떨리는 몸을 어쩔 수가 없었다.

“맞아요. 전과자.”

상진은 부들거리며 학수를 바라보며 다급하게 외쳤다.

“하, 하지 마! 하! 하지 마!”

학수는 상진 앞에 서서 한참 동안 바라보았다. 상진은 학수와 그가 든 칼을 번갈아 보며 주문을 외듯 말했다.

“안 돼, 안 돼.”

학수는 상진을 비웃으며 말했다.

“여자한테 손이나 대는 새끼가.”

학수는 다시 현관문을 나서며 중얼거렸다.

“씨발, 서울새끼, 쯧!”

학수가 나가자 상진은 그제야 한숨을 내쉬었다. 하지만 몸은 아직 그 사실을 깨닫지 못했는지 아직도 여진이 남아 덜덜거리고 있었다.

유미는 학수가 나간 현관문을 빤히 바라보다 빨대로 술을

빨아 마시며 이번엔 상진을 돌아보았다. 뱀독이 올라서 죽었으면 하는 생각이 들 정도로 꼴 보기 싫었지만 상진은 그냥 고개를 돌리는 것으로 표현을 대신했다.

잠시 후에 돌아온 학수는 테이블 위에 봉지를 내려놓았다. 그리고 부엌에서 접시를 하나 들고 와 테이블 위에 놓고, 봉지에서 꺼낸 정체모를 생고기 덩어리를 접시에 담았다. 학수는 접시에 둔 채 고기를 칼로 잘랐다. 곁에 딱 붙어서 그걸 바라보던 유미에게 학수가 고기 한 조각을 내밀었다.

"자!"

"이게 뭔데요?"

"우선 먹어봐요."

"뭔데요?"

"이거요? 오늘 갓 잡은 돼지에요."

"네? 돼지도 육회로 먹어요?"

"그럼요."

"돼지는 잘 익혀먹어야 한다고 하던데?"

"괜찮아요. 이 돼지는."

잠시 의심하던 유미가 다시 한 번 확인하듯 물었다.

"진짜에요?"

학수는 이번에도 시범을 보이듯 먼저 고기를 입에 넣고 씹으며 권했다.

177

“먹어봐요. 끝내줘요.”

학수가 술 한 잔 하는 것까지 지켜보던 유미가 고기를 조심스럽게 입에 넣어 오물거렸다. 그 모습에 상진은 자신도 모르게 인상이 찌푸려졌다. 때려죽여도 출처도 모르는 고기는 절대로 입에 댈 생각이 없었다.

“어때요?”

학수의 질문에 조금 더 오물거리던 유미의 표정이 밝아지며 대답했다.

“음, 진짜 맛있다.”

“맛있죠?”

학수는 씩 웃어 보이며 말을 이었다.

“이게 보통 돼지가 아니거든요.”

*　　*　　*

학수와 유미가 더러운 생고기를 안주로 주거니 받거니 하는 모습을 상진은 계속 지켜보고 있어야 했다. 아까처럼 잠이라도 오면 차라리 쪽잠이라도 잘 텐데 정신은 갈수록 말짱해져서 더욱 죽을 맛이었다.

술병은 거의 삼분의 일이 비워져 뱀의 머리가 조금씩 위로 올라오고 있었고 돼지 생고기도 접시 핏자국만 남기고 상당

부분 사라져 있었다.

유미는 리모컨으로 TV 채널을 이리저리 바꾸며 중얼거렸다.

"아, 왜 TV가 뉴스밖에 안 나와?"

상당히 혀가 꼬인 걸로 보아 꽤나 취한 모양이었다. 인상을 찌푸리고 배를 살살 만지던 학수는 자리에서 일어서며 말했다.

"이상하네. 저 화장실 좀 다녀올게요."

유미는 학수가 그러거나 말거나 TV 채널 돌리는 데 열중하고 있었다. 유미는 리모컨 누르는 것도 지쳤는지 팔을 내렸다.

TV에는 리포터가 거리에 서서 기사를 내보내고 있었다.

「전문가들은 이번 북의 위협은 어느 때보다 강도 높은 것으로, 국지적 군사 도발까지 이어질 수도 있다는 입장을 보이고 있습니다. STN 뉴스 최선희입니다.」

화면이 돌아가고 아나운서가 잠시 모습을 드러내며 말했다.

「다음은 지역뉴스 시간입니다.」

또 다른 아나운서가 이어서 화면에 나타나며 바로 멘트를 시작했다.

「안녕하십니까? 지역 뉴스입니다. 최근 도내에서 약초꾼의 실종이 잇따르고 있습니다. 최근 3일 동안 약초꾼이 2명이 실종 되었는데요, 오늘 내일 눈 소식이 있어 수색에 큰 어려움이 있을 것으로 보입니다. 취재에 이동은 기자입니다.」

「최근 웰빙 열풍으로 약초의 수요가 많아지면서 한 겨울에도 약초꾼들이 산에 오르고 있습니다. 하지만 한 겨울의 산행은 아무래도 큰 위험이 따르기 마련인데요, 최근 추봉 지역에서는 2명의 약초꾼들이 실종되었습니다. 마을 주민의 이야기를 들어보시겠습니다.」

마을 주민으로 화면에 나온 사람이 낯이 익었다.

「아니, 엊그제 나갔다가 금방 돌아온다고 했어요. 여름에 나가면 며칠씩 있다가 들어오기도 하지만 요즘 같은 날씨에는 해 지기 전에 들어오거든요. 그런데 핸드폰도 밧데리가 다 떨어졌는지 연락도 되질 않고……. 어쨌거나 들어오기만 하면 다행인데 옷도 제대로 안 입고 나갔어요.」

인터뷰 중인 아줌마를 어디서 봤는지 기억을 더듬던 상진의 머리가 유미 목소리 때문에 깨져버렸다.

"근데 왜 이렇게들 안 와?"

상진은 학수가 아직 화장실에서 나오지 않은 것을 확인하고 다시 한 번 시도했다.

"내 말 한 번만 들어봐요. 차가 있나 없나만 확인해보라니까요?"

"하, 이 새끼가 또 지랄이네."

"어려운 거 아니잖아요."

"당근 어렵지! 추운데 나가서 봐야 되는데!"

“별로 안 멀어요. 제발요.”

“아우! 시끄러워!”

“차가 없으면 더 이상 아무 말도 안 할 테니까.”

유미는 잠시 말없이 TV를 바라보았다. 좋은 현상이었다. 상진은 최대한 간절한 목소리로 말했다.

“제발 좀!”

유미는 한숨과 함께 대답했다.

“그럼 보고 올 테니까 차 없으면 주둥이 닥치고 있어. 알았어?”

상진으로서는 더 이상 바랄 게 없었다. 그는 입을 꼭 다물고 고개를 끄덕였다. 유미는 상진을 빤히 바라보다 짜증을 내며 리모컨으로 TV를 끄며 일어섰다.

“아! 진짜 짜증나네. 언제 저길 내려갔다와?”

유미가 재킷을 걸치고 문을 여는데 밖에서 인기척이 들렸다. 상진은 깜짝 놀라 문을 돌아보았다. 이어서 들리는 노크 소리에 유미가 반가운 듯이 외쳤다.

“어? 왔구나!”

“저, 잠, 잠깐!”

상진의 외침에도 아랑곳하지 않고 유미는 문을 벌컥 열었다. 저 여자는 저런 부주의 함 때문에 단명할지도 모른다고 생각했다.

9. 검찰

현관문 앞엔 우의 차림의 남차가 기다란 플래시를 들고 서 있었다. 유미는 물론 상진도 낯선 이의 방문에 깜짝 놀랐지만 그가 쓰고 있는 경찰모자 때문에 안도의 한숨을 내쉬었다. 특히 상진에게 경찰의 방문은 여간 반가운 일이 아니었다. 경찰의 머리 뒤에서 후광이 빛나는 듯한 착각까지 들었다.

"어?"

유미가 멀뚱하게 서 있는 틈을 타 상진이 다급한 목소리로 외쳤다.

"아! 아저씨! 저 좀 풀어주세요! 경찰 아저씨!"

경찰은 안쪽을 들여다보다 묶여있는 상진을 보고 깜짝 놀라며 물었다.

"뭐, 뭡니까? 이게?"

유미도 그제야 정신을 차리고 경찰에게 일러바치듯 말했다.

"잘 왔어요! 저 새끼가 날 강간하려고 했어요."

경찰의 시선이 유미에게 갔다가 다시 상진에게로 돌아갔
다. 상진은 다급하게 외쳤다.

"네? 아니에요. 그게 아니라……."

유미가 상진의 말을 끊으며 큰소리로 말했다.

"아니긴 뭐가 아니야! 새끼야!"

"경찰 아저씨, 그게 문제가 아니라, 지금 화장실에 어떤 남
자가 있는데 그 사람이 저 여자 친구들 다 죽인 것 같아요."

"뭐, 뭐요?"

경찰이 눈을 동그랗게 뜨며 믿는 눈치를 보이자 상진은 더
적극적으로 말했다.

"제가 밖에 바비큐 장에서 이 사람 친구 죽어있는 걸 봤거
든요. 그래서 제 방에 들어가서 신고하려고 하다가 문이 잠겨
서 여기로 들어왔는데 화장실에서 무슨 소리가 나더라고요.
그래서 들어갔다가 저 여자랑 마주쳤는데 설명할 시간도 없
이 제 손을 물고 도망가잖아요. 그래서 오해하는 거고요."

"미친 새끼! 그런 새끼가 칼을 들고 들어왔냐?"

"아니 그건, 내가……."

두 사람의 설전에 경찰은 손을 들어 말리며 안으로 들어
섰다.

"무슨 소리에요? 천천히 말씀해보세요. 천천히!"

유미는 아예 팔짱을 끼고 서서 말했다.

“아저씨! 저 새끼가 자기가 강간하려던 거 무마하려고 그러는 거예요. 듣지 마세요.”

이번엔 상진이 경쟁적으로 입을 열었다.

“경찰 아저씨, 제가 설명은 나중에 할 테니까, 우선 저 남자부터 잡아야 돼요.”

경찰이 미심쩍은 표정으로 상진을 바라보았다. 경찰의 눈에 어떻게 보일지 상진도 잘 알고 있었다. 얻어맞은 채 묶여있는 신세가 하는 말이 쉽게 믿음이 가지 않을 거란 것은 잘 알지만 이것 말고는 방법이 없었다.

“진짜에요! 경찰 아저씨!”

“미친 놈, 내가 화장실에서 옷 벗고 있는데 저 새끼가 문을 따고 들어와서⋯⋯.”

상진이 만약 묶여있지만 않았다면 당장 저 주둥이를 틀어막았을 것이다.

“야이! 씨발! 가만히 좀 있어봐!”

“뭐? 씨발? 이 새끼가! 내가 왜 가만히 있어! 내가 왜 가만히 있어!”

유미가 한걸음에 상진에게 다가가 그의 뺨을 후려쳤다. 역시 손이 매웠다.

“아이 씨! 이 여자가 진짜!”

경찰이 유미를 말리며 말했다.

"이봐요! 뭐하시는 거예요? 지금!"

"저 새끼가 가만히 있으라잖아요!"

상진은 엉망진창이 될까 두려워 최대한 마음을 가라앉히고 말했다.

"경찰 아저씨, 제발, 설명은 나중에 자세히 할 테니까, 우선 저 남자부터 잡아주세요. 제발. 그러면 제가 나중에 다 설명 드릴게요. 그 이후에 시시비비 가려도 괜찮잖아요. 안 그래요?"

경찰은 상진을 바라보며 잠시 생각하는 표정을 지었다. 상진은 조심스럽게 다시 애원했다.

"제발, 제 말 한 번만 들어주세요. 좀......."

경찰은 결심 한 듯 고개를 끄덕이고는 천천히 입을 열었다.

"그 사람 지금 어디 있다고요?"

상진은 반가운 얼굴로 턱으로 화장실을 가리켰다. 경찰은 화장실 쪽으로 고개를 돌리며 다가갔다. 경찰이 상진의 말에 움직이는 것이 짜증난 유미는 경찰도 곱지 않은 눈으로 보며 말했다.

"지금 뭐하는 거예요? 참, 나."

"조심하세요. 위험한 놈이니까."

상진의 말에 경찰은 허리춤의 권총에 손을 올려놓으며 화장실로 다가갔다. 화장실 물이 내려가는 소리에 경찰은 가던

걸음을 멈췄다. 경찰이 화장실문 손잡이에 손을 데려는 순간, 손잡이가 먼저 돌아가며 문이 벌컥 열렸다. 경찰이 반사적으로 권총을 꺼내들며 외쳤다.

"꼼, 꼼짝 마!"

학수는 화장실을 나오다 깜짝 놀라 경찰을 빤히 바라보았다. 경찰을 빤히 바라보던 학수는 놀란 듯 입에서 소리를 냈다.

"어?"

경찰도 학수를 알아본 듯 말했다.

"어?"

학수는 화장실 문을 닫고 나오며 경찰에게 말했다.

"어? 혀, 형. 여긴 웬일이야?"

잔뜩 긴장했던 경찰은 편안한 자세로 서며 꺼내들었던 권총을 다시 허리춤에 꽂아 넣었다.

"학수야! 넌, 여기 웬일이냐?"

영문을 모르는 유미는 소파로 가서 앉으며 두 사람의 대화를 들었다. 학수는 경찰의 질문에 살짝 당황하며 둘러댔다.

"아, 그냥 바람 좀 쐬러."

"그렇구나. 그런데 너 언제 나왔어?"

"아, 며칠 안 됐어."

유미와 상진은 잠자코 그들의 대화를 듣고 있었다. 뭐가 어

189

떻게 돌아가는 상황인지 잘 몰랐지만 분명히 상진에게 좋은
상황은 아닌 듯 했다. 학수와 경찰이 알고 있다는 것 자체가
그리 유리한 건 아닐 테니 말이다.

경찰이 학수에게 물었다.

"왜 연락 안 했어?"

"그냥 좀 바빴어. 내일쯤 전화하려고 했지."

학수의 말에 경찰이 한숨을 내쉬며 말했다.

"어머니는 아셔?"

"응, 엊그제 뵙고 왔어."

"그나저나 별 일이네. 여기에서 다 만나고."

"그러게, 그런데 형은 여기 웬일이야?"

"신고 받고 왔어. 누가 성폭행 하려고 한다고."

빨대로 술을 빨아마시던 유미가 화난 목소리로 대답했다.

"네, 제가 신고했어요."

유미는 아니꼬운 눈으로 경찰과 상진을 힐끗거리며 말했다.

"왜요? 저 새끼 말 듣지?"

경찰도 상진을 돌아보고는 유미에게 물었다.

"네? 어떻게 된 일이죠?"

"참, 나."

"괜찮으니까 얘기해보세요."

"언제는 들으려고도 안 하더니......."

"죄송합니다. 어떻게 된 일이죠?"

유미는 잠시 말을 멈췄다가 입을 열었다.

"내가 화장실에서 옷 벗고 있는데 저 새끼가 몰래 쳐들어와서 입 틀어막고 가슴 막 만지고 강간하려고 했어요."

상진은 고개를 가로저으며 말했다.

"아니라니까, 그리고 내가 가슴은 언제 만졌어? 응?"

상진이 큰소리로 외쳤지만 경찰은 귓등으로도 안 듣고 유미의 말에만 귀를 기울였다.

"정말이에요?"

"아니라고요!"

상진이 큰소리로 소리를 지르자 그제야 경찰이 돌아보았다.

"가슴은 안 만졌어요?"

"네! 가슴은 안 만지고. 아니 그게 중요한 게 아니고요."

경찰은 학수를 돌아보며 말했다.

"뭐야? 도대체 어떻게 된 거야?"

잠자코 있던 학수가 입을 열었다.

"저 아가씨 말이 맞아. 내가 잠깐 집에 내려갔다가 오는데 저 아가씨가 뛰어와서 이 새끼가 강간하려 한다고 살려달라고 하더라고. 그래서 도망가는 거 잡아서 묶어놨어."

"그래? 이 사람은 너보고 사람 죽였다고 뭐라고 하던데, 그건 무슨 소리야?"

학수의 표정이 험악하게 일그러졌다.

"아 놔! 근데 저 새끼가 보자보자 하니까! 왜 나한테 자꾸 지랄인데? 진짜 죽고 싶어? 아! 씨발 서울새끼! 차도 같이 기다려주고 도와줬더니 왜 시비야? 시비가!"

상진도 지지 않고 말했다.

"내가 두 눈으로 똑똑히 봤어요. 방에 있다가 나왔더니 고기 구워먹던 사람들 아무도 없고 빨간 파카 입은, 저기, 저 여자 남자친구가 가슴에 피를 흘리고 쓰러져 있더라고요."

상진의 말에 유미가 발끈하며 대꾸했다.

"미쳤냐? 걔 내 남자친구 아니거든?"

경찰이 손을 들어 유미의 말을 막으며 말했다.

"그 사람 어디 있는데요?"

"모르겠어요. 바비큐 장에 있었는데 없어졌더라고요. 누가 끌고 가는 것 같았어요."

경찰의 표정이 사뭇 진지하게 변했다.

"네?"

유미는 중얼거리듯 입을 열었다.

"없어지기는. 스키 타러 갔어요. 걔네들 원래 술 처마시고 스키 타는 거 전문이라니까."

상진은 다급하게 경찰에게 말했다.

"그리고 또 산 속에 어떤 사람이 쓰러져있는 거 봤고요."

“산 속이요? 어디?”

“저 옆에, 산길로 올라가면.”

유미가 경찰에게 버럭 화를 내며 말했다.

“아저씨! 근데 왜 자꾸 이 새끼 말을 들어요? 강간한 거 무마하려고 이 지랄 떠는 건데!”

경찰이 난감한 표정으로 유미를 돌아보자 상진이 턱으로 학수를 가리키며 말했다.

“저 사람도 다른 두 명이랑 있었는데 없어졌잖아요. 아마 그 사람들이 지금 어디다 묻고 있는지도 모르는 일이잖아요!”

학수가 눈을 부라리며 말했다.

“뭐? 묻기는 뭘 묻어?”

“제가 밖에 숨어 있다가……. 아! 전투화! 전투화 신고 있는 사람이 왔다 갔다 하는 걸 봤어요!”

“전투화?”

경찰은 학수의 발을 봤지만 그는 낡은 운동화를 신고 있었다. 상진은 묶인 팔로 설명을 하려는 듯 꼼지락거리며 말했다.

“군화 있잖아요! 군화! 워커! 저 사람 친구가 전투화 신고 있었거든요!”

경찰은 학수를 돌아보며 물었다.

“너 누구랑 왔어?”

학수는 당황하며 말을 더듬으며 띄엄띄엄 말했다.

"아, 걔네 있잖아. 영삼이랑 지평이."

경찰이 이상하다는 듯 고개를 갸웃거리며 말했다.

"영삼이 지금 서울에 있잖아."

"아, 아니, 영삼이가 아니라……."

경찰의 눈썹이 꿈틀거렸다.

"너 혹시."

"아, 아냐, 아냐!"

경찰은 학수에게 얘기하다가 테이블 위에 접시에 놓여있는 먹다만 육회를 보고는, 인상을 찌푸리며 학수에게 거칠게 말했다.

"너 이 새끼."

"아, 아니야. 이거. 진짜 아니야!"

"이 새끼 이거, 아직도 정신 못 차렸구나?"

학수는 당황한 얼굴로 손까지 흔들며 말했다.

"난 아니야. 걔들이 눈에 차가 빠졌다고 해서 도와주려고 올라왔다가 그냥 여기서 한 잔 하려고 한 거야."

"진짜야? 걔네들은 왜 올라온 거야?"

"뻔하지 뭐. 그런데 난 진짜 아니야!"

경찰은 창밖을 돌아보며 물었다.

"지금 어디 있는데?"

“글쎄, 모르겠어. 술 한 잔 하다가 뱀술, 아니, 술이 없다고 해서.”

학수는 말을 하다말고 흠칫하면서 경찰의 눈치를 살폈다. 경찰은 그의 말에 테이블에 놓여있는 뱀술을 바라보았다. 학수는 여전히 눈치를 살살 살피며 말을 이었다.

“집에 가지러 내려갔다왔는데 없더라고.”

“학수, 넌, 진짜로 아니야?”

학수는 억울하다는 듯 양손을 벌려 보이며 말했다.

“형! 내가 나온 지 얼마 됐다고?”

경찰은 실눈으로 학수를 바라보았다.

“그럼 좀 지나면 또 하시려고?”

“아니. 그 말이 아니잖아, 형!”

“그럼 그 인간들은 또 하러 간 거야? 응? 뭐야?”

“아마 뭘 또 봤겠지.”

경찰은 다시 창밖을 돌아보았다. 눈보라 때문에 창문이 간혹 소리를 내며 덜거덕거렸다.

“미친놈들. 눈이 이렇게 오는데.”

“원래 눈 올 때 잘 돼.”

경찰은 학수를 쏘아보며 거칠게 노려보았다.

“뭐?”

“……”

“지금 그걸 말이라고!”

경찰은 뭔가 말을 더 하려다 말고 일어서며 우의를 벗었다.

“어차피 눈이 많이 와서 지금 내려가기도 힘드니까, 그 자식들 오면 같이 잡아 내려가야겠다.”

“형, 그러지 마! 그럼 내가 뭐가 돼?”

경찰은 싸늘한 얼굴로 대답했다.

“좋은 사람 되는 거지 뭐.”

“아이 씨, 형.”

모두의 대화가 잠시 중단되자 창밖에서 불어오는 바람소리만 들렸다.

“미치겠네.”

상진이 중얼거렸지만 아무도 듣는 사람이 없었다. 자신이 투명인간 취급받는 것은 참을 수 있었지만 이렇게 애매한 상태에서 시간만 허비하는 것은 답답해서 미칠 지경이었다.

경찰이 와 있어서 그나마 안심이 좀 되었지만, 현실적으로 생각해보면 이대로 강간미수범으로 종결이 되는 건 아닌지 걱정이 되기 시작했다. 상진은 머리를 흔들었다. 산 속에서 봤던 시체도, 여기서 피를 흘리고 죽어있던 뚱뚱이도, 아직 달라진 건 아무것도 없었다.

경찰은 모자와 우의를 한쪽으로 치워두고는 팔짱을 끼고 소파에 자리를 잡고 목석처럼 한동안 움직이지 않았다. 학수

와 유미, 그리고 상진까지 그의 눈치만 보며 묵묵히 앉아있었다.

*　　*　　*

마침내 경찰이 일어나며 유미에게 말했다.

"아가씨, 괜찮으면 진술을 좀 듣고 싶은데, 괜찮아요?"

유미가 고개를 끄덕이자 경찰은 그녀와 함께 부엌 식탁으로 자리를 옮겼다. 소파에서 진술을 듣는 것과 무슨 차이가 있냐 싶었지만, 묶여있는 주제에 할 생각은 아닌 듯싶어서 그냥 고개를 숙였다.

유미는 학수가 준 뱀술을 빨대로 마시며 경찰의 질문에 답변을 했다. 경찰이 묻는 말에 어떤 때는 고개를 끄덕였고 또 어떤 때는 가로저었다. 조근 조근한 어조로 말하다가도 어떤 부분에서는 높은 어조로 강하게 말했다. 그때는 꼭 상진을 손가락으로 가리켰다. 직접 듣지 않아도 대충 어떤 이야기일지 충분히 짐작이 갔다.

경찰은 수첩으로 테이블을 툭툭 두드리며 말했다.

"네, 그러면 우선 지금은 경찰서로 이동이 힘드니까 날이 밝는 대로, 서로 같이 이동해서 조사를 다시 하는 것으로 하시죠."

197

술을 마시던 유미가 짜증이 밴 얼굴로 되물었다.

"네? 또요?"

"네, 그래야죠."

"저는 안 가면 안돼요?"

"네? 피해자니까 가서 진술을 하셔야죠."

유미를 머리를 벅벅 긁으며 떼쓰듯 말했다.

"아, 귀찮아. 저는 그냥 안 가면 안돼요? 여태 말했는데. 아저씨가 대신 말해주면 되잖아요. 네?"

경찰은 픽 웃으며 말했다.

"그래도 사건의 피해자가 직접 진술을 해야 됩니다. 그게 법이에요."

"쳇, 그럼 여태 뭣하러 들었데?"

"그래야 좀 더 정확하게……. 다 필요해서 하는 겁니다."

유미는 상진을 돌아보며 중얼거렸다.

"아, 저 노무새끼 때문에 귀찮은 일 생겼네. 짜증나."

화살이 자신에게로 돌아온 상진은 다시 경찰에게 애원했다.

"경찰 아저씨! 저 정말 아니라니까요? 왜 제 말은 안 들어주시는 거예요? 네?"

"조용히 하고 있어."

경찰은 수첩을 주머니에 넣으며 학수가 앉아있는 소파 맞

은편에 자리를 잡고 앉았다. 그가 앉기를 기다려 학수가 먼저 입을 열었다.

"형, 그런데 혼자 온 거야?"

"어. 지금 서에 갑자기 비상 떨어져서 인력이 없다."

"왜?"

"잘 모르겠어. 집에 있다가 연락 받고 바로 여기로 온 거라. 북한이 핵실험 한다고 해서 그런 건지 아니면 눈이 많이 와서 비상근무 하라는 건지. 아, 씨, 잘 자고 있었는데, 쯧!"

"눈이 그렇게 많이 와?"

"여기 올라오느라 죽는 줄 알았다."

"그럼 여기까지 차 타고 온 거야?"

"그럼 걸어왔겠냐?"

"차는?"

"저 아래. 여기까지 못 가져와."

잠시 입을 다물고 창밖을 바라보던 학수가 생각난 듯 물었다.

"한 잔 안 할래?"

경찰은 아직 술이 남아있는 걸 보고는 잠시 고민하는 눈치였다. 학수가 술병에 손을 대며 꼬이듯 말했다.

"어차피 지금 못 갈 텐데 뭐 어때?"

경찰은 결심한 듯 고개를 끄덕였다.

“그래, 한 잔 줘봐.”

학수가 술잔에 술을 따르자 그만하면 됐다는 듯 경찰이 손을 들어 보였다. 식탁에 앉아있던 유미는 술을 조금씩 빨아 마시며 휴대폰으로 전화를 걸었다가 다시 화면 보기를 반복하며 중얼거렸다.

“아! 이 새끼들 왜 이렇게 안 와? 전화도 안 되고 왜 신호도 안 떠?”

유미는 아예 일어나 거실을 돌아다니며 휴대폰 신호를 잡아보았지만 잘 되지 않는 표정이었다. 학수에게 술을 건네받던 경찰이 유미를 보며 말했다.

“아! 저녁부터 이 지역 전체 통신이 마비됐어요.”

“진짜요? 왜요?”

“글쎄요. 눈이 많이 와서 그런가? 모르죠. 뭐.”

경찰은 태연히 육회를 집어 먹으며 돌아다니는 유미를 바라보았다. 유미는 몇 번을 더 해보고는 짜증이 나는지 오만상을 찌푸렸다.

“아! 진짜!”

“그런데 어떻게 신고를 했어요?”

“저걸로요.”

유미가 턱으로 가리킨 곳으로 모두의 시선이 돌아갔다. 애초에 상진이 기를 쓰고 전화하려고 했던 그 유선 전화기였다.

"아, 똑똑하시네. 학수야, 그런데 이거 뭐냐?"

경찰이 육회를 학수에게 들어보이고는 입에 쏙 집어넣었
다.

"뭐?"

"이거 말이야. 멧돼지?"

"응. 오늘 잡은 거야."

"새끼들, 정신 못 차리고 진짜."

경찰의 언행이 점점 믿음직스럽지 못하게 변해가고 있었
다. 상진은 경찰이 뱀술을 마시고 불법이라던 멧돼지 육회를
태연하게 먹는 게 영 맘에 걸렸다. 같은 지역에 사는 사람들
이니까 어느 정도는 이해할 수는 있었지만 경찰의 신분으로
살인사건이 일어난 현장에서 저렇게 태연하게 술이나 마시고
있을 수는 없는 일이었다.

물론, 살인사건이 일어났다고 믿는 건 자신뿐이었지만, 경
찰이라면 주변을 수색해 봐야 하는 게 정상이 아닌가? 조금
만 뒤져보면 금세 시체를 발견할 수 있을 것이고 그러면 자신
이 무죄라는 걸 알 수 있을 텐데 말이다.

"아저씨, 다른 술 없어요?"

반쯤 꼬인 혀로 말하는 유미에게 모두의 시선이 쏠렸다. 학
수는 친절하게 말했다.

"밖에 고기 굽는 데에 소주 좀 있을 거예요. 갖다 드릴까

요?"

"소주는 싫고."

"다른 건 없는데. 이거 더 드세요."

"빨대로 먹으니까 맛이 안 나서. 음, 소주 먹어야 되나?"

학수는 유미의 대답을 기다렸지만 그녀는 여전히 생각 중이었다. 학수는 잡았던 술병을 놓고는 경찰을 돌아보다 그의 허리춤에 있는 총을 보며 물었다.

"형, 그 총 진짜야?"

"뭐? 이거? 그럼 진짜 총이지. 경찰이 가짜 총 들고 다니겠냐? 어제 술 먹고 취해서 깜빡하고 그냥 집으로 들고 왔네."

"그럼 실탄 나가는 거야?"

"당연히 실탄이지. 납탄이라도 나갈 줄 알았냐?"

"와, 멋있네."

"멋있으면 뭐해. 지금은 무용지물인데."

"왜?"

"며칠 전에 파출소에서 난리 났었잖아."

"무슨 난리?"

"얘기 못 들었어? 술 취해서 파출소에서 칼 들고 난동부린 사람 있었거든. 겁주려고 공포탄을 쏜다는 게 실탄이 발사돼서 죽었잖아."

"뭐? 진짜?"

"그것 때문에 난리도 아니었다. 그래서 요즘 총 있어봐야 함부로 못 쏴. 있어봤자 장난감이지 뭐."

"장난감이야?

"아, 이 새끼. 말이 그렇다고 새끼야."

유미는 흐리멍텅한 눈으로 주변을 두리번거리다가 구석에 놓여있는 뭔가를 집어 들며 물었다.

"이건 뭐지? 술인가? 이거 아저씨 거예요?"

상진은 그게 자신의 돔페리뇽이란 것을 한눈에 알아봤다. 그럼 아까 자신의 펜션으로 들어온 게 학수 저 놈이란 뜻인가? 상진은 학수를 쏘아보았지만 정작 그는 아무렇지도 않게 대답했다.

"아뇨."

"그럼 누구 거지?"

"글쎄요."

학수는 경찰을 힐끗 쳐다보며 대답을 이었다.

"몰라요."

모르긴 개뿔이나 모르겠다. 하지만 상진도 아무 말 하지 않았다. 이 의심스러운 상황에서 함부로 입을 여는 건 위험했기 때문이다.

경찰은 곁눈질로 와인과 학수를 번갈아보며 말했다.

"네가 또 훔친 거 아냐?"

"형, 왜 자꾸 그래? 아니라니까."

"너 전에도 건강원 최 씨 아저씨 술 훔쳤잖아."

"그거야 그 아저씨가 나한테 사기 쳤으니까 그런 거고."

유미는 흔들거리는 몸으로 와인을 들고 서 있었다. 상진은 행여 유미가 와인을 떨어뜨릴까 조마조마했다. 저걸 떨어뜨리는 순간 20만 원이 그냥 날아가는 것이다.

"와인인가? 이거라도 먹어야지."

"먹, 먹지 마."

와인을 만지작거리던 유미가 흐린 눈으로 상진에게 물었다.

"왜?"

왜냐면 그건 내 것이니까. 내가 은희하고 같이 마실 와인이니까.

"내 거야."

"그래? 그럼 먹어야지."

"먹지 말라고!"

유미는 상진을 빤히 바라보다 병을 따서 컵에 와인을 맥주처럼 가득 채우며 말했다.

"강간범 새끼가 말이 많아! 싸구려 갖다놓고 개 폼 재기는. 맛도 별로구만."

모든 누명이 다 풀리면 반드시 청구를 할 것이다. 그러기

위해서는 이곳을 먼저 벗어나야 했다. 이대로는 절대로 답이
나오지 않았다. 절대로.

10. 탈출

식탁 위에 빈병으로 놓인 와인을 보자 상진의 속이 부글부글 끓어올랐다. 자신이 처해있는 상황에 비하면 와인 빼앗긴 것쯤은 아무것도 아니라고 생각했지만 이상하게도 열불이 뻗쳤다. 저 병으로, 식탁에 엎어져 자고 있는 유미의 머리통을 시원하게 후려치고 싶었다.

거실의 긴 소파에는 경찰이 누워서 TV를 보고 있었고 학수는 그 맞은편에 상진에게 등을 지고 앉아 술을 조금씩 마시고 있었다. 모두 천하태평인 모습인데 자신만 포로처럼 묶여있는 이 상황이 답답하기만 했다.

상진은 답답한 마음에 주위를 둘러보다 유미의 맞은편 식탁 의자 위에 차 키가 놓여있는 것을 보게 되었다. 저게 누구 차 키인지는 모르지만 저것만 있으면 이곳에서 탈출하는 것도 가능해 보였다. 문제는 저것을 어떻게 손에 넣느냐는 것이었다.

상진은 앞에 있는 사람들의 눈치를 보며 묶여있는 끈을 풀기 위해 손목을 움직이기 시작했다. 하지만 워낙 단단하게 매어놔서 움직이는 것조차 녹녹하지가 않았다. 몇 번을 더 움직여보던 상진은 포기할 수밖에 없었다. 조금의 틈도 없었던 것이다. 그는 고개를 숙이고 멍하니 자신의 신발을 바라보았다. 신발 위에는 나비 두 마리가 나란히 앉아있었다.

신발 끈이 예쁘게 리본으로 매듭지어져 나비처럼 신발 위에 얹혀 있는 모습을 보는 순간 상진의 머리에서 희망이 솟았다.

사람의 습관이라는 것은 무서운 점이 머리가 인지하기도 전에 작동한다. 복싱선수가 주먹을 내미는 것은 머리로 생각해서가 아니라 연습으로 인해 거의 자동으로 뻗어나가는 것이다. 학수가 교도소에서 반복적으로 해왔던 리본 매듭도 습관이었을 것이다.

상진은 비밀스러운 발견이라도 한 것처럼 경찰과 학수를 번갈아보며 손가락으로 손목에 묶인 매듭을 찾았다. 손가락으로 그 모양을 따라가니 나비 모양의 리본으로 매듭이 지어져 있었다.

학수, 이 미친 아니, 고마운 놈!

상진이 매듭의 끝을 잡고 조금씩 잡아당기자 너무도 쉽게 스르르 풀려버렸다. 황당함과 기쁨이 교차되는 묘한 감정을

느끼며 앞에 있는 사람들이 눈치 채지 못하도록 발목에 묶여 있는 끈도 쉽게 풀어버렸다.

상진은 최대한 조심스럽게 움직여 식탁으로 향했다. 자고 있는 유미를 지나 의자 위에 있던 차 키를 몰래 가져가려고 손을 뻗었다.

"흠."

무심코 유미를 돌아본 상진은 심장이 주저앉았다. 유미가 뜬 눈으로 멍하니 상진을 바라보고 있었기 때문이었다.

한동안 멀뚱거리며 상진을 바라보던 유미는 반대편으로 머리를 돌리며 다시 잠들었다. 상진은 놀란 가슴을 진정시키며 소리가 나지 않도록 차 키를 손바닥 전체로 감싸 쥐고는 조심스럽게 현관문 쪽으로 향했다.

아주 천천히 현관문을 열던 상진은 갑자기 나는 끼익 소리와 함께 동작을 멈췄다. 그리고 거실에 있는 사람들의 상태를 확인하고는 다시 문을 열었다. 상진은 가시덤불 사이를 통과하는 것처럼 현관을 통과하고는 아주 조심스럽게 문을 닫았다.

상진은 펜션 안에서 인기척을 느낄 수 없을 것 같은 거리까지 도달하고 나서야 달리기 시작했다. 눈보라 때문에 시야가 제대로 확보되지 않았지만 자동차를 찾는 데까지 어려움을 겪을 정도는 아니었다. 길에 주차되어 있는 4륜구동을 발견한 상진의 발걸음은 더욱 급해졌다.

상진은 차 키를 자동차 열쇠구멍에 꽂았지만 제대로 맞지 않았다.

"젠장!"

상진은 차 안을 들여다보았다. 자와 검붉은 광목천에 쌓인 공기총이 보였다. 상진은 고개를 돌려 주변을 둘러보았다. 길 아래 어둠 속에서 승용차가 보였다. 패딩 조끼 일행이 타고 왔던 차가 분명했다. 상진은 자신의 생각이 맞는다는 것을 당장 경찰에게 알리고 싶었지만 이대로 다시 들어가면 좀 전보다 더 꽁꽁 묶일지도 모르는 일이었다.

상진은 곧바로 승용차를 향해 뛰었다. 언덕을 내래와 차 키로 승용차를 열어보려 했지만 이번에도 맞지 않았다. 상진은 폭발하는 화를 참지 못하고 차 키를 집어 던지며 욕설을 뱉었다.

"에이 씨발!"

그때 언덕 위에서 인기척이 들렸다. 들리는 목소리가 학수와 경찰이 분명했다. 상진은 어떻게 해야 할지 몰라 몸 둘 바를 몰라 하다가 승용차 문을 벌컥 열었다.

"어라?"

승용차 문이 그냥 열렸다.

재빨리 차 안으로 몸을 숨긴 상진은 밖에 노출되지 않도록

조심하며 앞쪽을 바라보았다. 예상대로 학수와 경찰이 뛰어오고 있었다.

학수의 손에는 쇠파이프가 들려 있었고 경찰이 들고 뛰는 플래시 불빛을 따라 함께 뛰고 있었다. 두 사람은 4륜구동을 살펴보고는 플래시로 주변을 비추다 상진이 숨어있는 승용차를 비췄다.

상진은 재빨리 고개를 숙였다. 하지만 플래시 불빛은 승용차에서 벗어날 줄을 몰랐다. 오히려 차 구석구석을 훑으며 점점 가까워져오고 있었다. 경찰이 흔들어 대는 불빛은 승용차는 물론 주변까지 샅샅이 비추며 지나갔다.

"어디로 갔어?"

그들의 목소리가 너무 선명하게 들려 상진은 숨이 멎을 것 같았다. 경찰은 플래시로 차 주변을 이리저리 뒤지다가 뭔가를 발견한 듯 멈칫했다.

"어? 이거 내 열쇠잖아?"

상진이 경찰이 있는 방향을 주시하고 있는데 반대편 창문으로 누군가 확 덮쳤다. 아니, 덮쳤다고 생각했다.

상진은 튀어나올 뻔한 비명을 삼키며 반대편을 바라보았다. 학수였다.

학수가 차문을 열려고 손잡이를 잡고 흔들었지만 잠겨서 덜컹거리기만 했다. 그는 이마에 손바닥을 받치고 눈을 부라

리며 차 안을 들여다보려고 애쓰고 있었다. 상진은 머리카락 한 올도 움직이지 말자고 다짐하며 이를 악물었다.

학수가 들이대고 있는 창문에 입김이 서리다 바람으로 바로 가시기를 반복했다.

"형! 플래시 좀 줘봐!"

"야! 발자국!"

그들의 말에 상진의 얼굴은 하얗게 질렸다. 또 다시 잡힐 수는 없는 일이었다. 어수선하던 밖이 잠시 조용해졌다. 그 시간이 상진에겐 지옥보다 더한 시간이었다.

"우리 발자국인가?"

경찰의 목소리에 학수가 당황한 듯 되물었다.

"응? 뭐?"

경찰이 포기한 듯한 말투로 말했다.

"길로는 안 내려갔을 거야."

"뭐라고? 왜?"

"너무 뻔하잖아. 아마 산 쪽으로 갔을 거야. 산으로 가자."

"이 날씨에 산으로 갔을 거라고?"

"그래, 그런 건 내가 잘 알아."

대화를 끝으로 그들의 발소리가 점점 멀어져갔다. 숨을 참고 있던 상진은 한참이 지나고 나서야 한숨을 내쉬었다.

아직은 불안했기 때문에 상진은 섣불리 밖으로 나설 수가

214

없었다. 이대로 조금 더 시간을 흘려보냈다. 손발에 감각이 없어지고 온몸이 덜덜 떨리기 시작할 때 상진은 손을 주무르고는 조심스럽게 차문을 열었다. 문을 조금 더 열자 길가에 누군가 쭈그리고 앉아있는 것이 보였다. 그가 빨아들이는 담뱃불이 환하게 밝아지며 경찰의 무표정한 얼굴이 밝혀졌다.

복잡한 것만이 함정수사가 아니었다. 이런 것도 함정수사다. 놀란 상진이 문을 다시 닫으려 했지만 그 사이로 쇠파이프가 거칠게 밀고 들어와 막았다. 상진이 놀란 얼굴로 돌아보자 학수가 역시나 무표정한 얼굴로 서 있었다.

경찰은 담배 연기를 길게 들이키고는 손가락으로 멀리 튕겨버리고 일어서서 상진에게 다가왔다. 상진은 쇠파이프를 밀어내며 문을 닫으려고 했지만 경찰까지 가세하는 바람에 더 힘들게 되었다.

"열어, 새끼야."

경찰의 말에도 상진은 필사적으로 문을 닫으려고 했다. 화가 난 경찰의 얼굴이 일그러졌다.

"열라고, 새끼야!"

경찰이 힘을 주어 문을 확 열어젖히는 순간 상진은 오히려 문을 확 열어 젖혀 경찰을 밀치며 튀어나왔다. 도망칠 수 있다고 생각했지만 다리에 전해오는 묵직한 충격을 느끼며 앞

으로 쓰러졌다.

그 뒤로 학수가 쇠파이프를 들고 다가왔다. 그는 다시 찍으려는 듯 쇠파이프를 치켜들었다.

"그만해!"

경찰의 목소리에 학수는 쇠파이프를 천천히 내렸다.

"그러다 죽어. 일단 데리고 가자."

상진은 학수와 경찰에게 붙들려 펜션으로 끌려가기 시작했다. 저항을 해보기도 했지만 그때마다 학수가 쇠파이프를 들이대는 바람에 상진은 멈출 수밖에 없었다. 하지만 경찰에게 어필하는 것만큼은 포기하지 않고 계속했다. 너무 억울해서인지, 아니면 아파서인지는 모르겠지만 눈물까지 흘리고 있었다.

"아저씨! 정말 저 성폭행하려던 거 아니에요. 진짜 사람 죽어있는 거 봤다니까요!"

"거 참! 증인이 둘이나 있는데 계속 거짓말이야?"

"진짜라고요! 제발 좀 믿어주세요!"

"그렇게 억울하면 내일 서에 가서 얘기하면 될 거 아냐?"

"아, 진짜, 저 아니라니까요? 정말이에요, 아저씨!"

그때 '탕!' 하는 소리가 울려 퍼졌다. 그 소리에 세 사람은 거의 동시에 멈췄다. 분명 총소리였다.

경찰은 상진을 잡았던 팔도 놓고 총소리가 난 쪽을 돌아보

며 놀란 목소리로 말했다.

"이, 이게 무슨 소리야?"

상진은 학수를 돌아보았다. 그 또한 소리가 난 쪽으로 주의를 빼앗기고 있었다.

이때다 싶어 상진은 학수를 밀쳐 넘어뜨리고 도망치기 시작했다. 상진은 자신이 묶여있었던 가운데 펜션 뒤편을 돌아 무조건 산 위쪽으로 뛰기 시작했다. 지금 잡히면 꼼짝 없이 강간범으로 인생 쫑 나는 것이다.

뒤쪽에서 엄청나게 큰 총소리가 울려 퍼졌다. 깜짝 놀란 상진은 우뚝 멈춰 서서 뒤를 돌아보았다. 경찰이 하늘로 향했던 권총을 내려 상진에게 겨누며 큰소리로 외쳤다.

"거기 서!"

경찰과 학수는 다가오는데 자신을 향해 있는 총구 때문에 상진은 이러지도 저러지도 못하고 있었다. 그들이 다가올수록 상진은 본능적으로 뒷걸음질을 치고 있었다.

"움직이면 쏜다! 움직이지 마!"

상진은 경찰의 고함소리에 흠칫하면서도 뒷걸음질 치는 건 어쩔 수가 없었다. 그때 발 한쪽이 뭔가에 푹 빠지는 느낌이 들었다. 상진이 놀란 얼굴로 경찰과 학수를 돌아보는 순간 땅이 푹 꺼지며 땅 속으로 떨어져 내렸다.

학수와 경찰도 놀라 상진이 사라진 곳으로 달려왔다. 바닥

에 비스듬히 만들어진 창고 문이 반쯤 부서져 있었다. 상진이 굴러 떨어진 곳을 내려다보며 경찰이 말했다.

"뭐야, 이거!"

그는 플래시로 지하 창고 구석구석을 비춰 보았다. 가운데 굴러 떨어진 충격으로 꿈틀거리고 있는 상진이 보였고 그 주위엔 사람 형상으로 보이는 것들이 널브러져 있었다.

"으윽."

상진은 아픈 다리와 등을 만지며 간신히 몸을 일으켰다. 경찰의 플래시 불빛에 따라 주변을 둘러보던 상진은 깜짝 놀라 비명을 질렀다.

"아악!"

사방이 시체였다.

낮에 바비큐 장에서 고기를 구워먹던 사람들이 시체가 되어 이곳에 모두 모여 있었다. 상진은 계속 비명을 지르며 최대한 시체로부터 멀어지기 위해서 창고 구석으로 기어갔다.

"아악! 아악!"

자신이 내는 목소리임에도 그 소리조차 비현실적으로 여겨졌다. 탈출은 이렇게 짧게 끝났지만 지금은 그게 문제가 아니었다. 상진이 상상한 가장 최악의 상황이 되어가고 있었다.

사람들이 죽었을지도 모른다는 생각을 하긴 했지만 이렇

게 학살이 일어났을 거라고는 생각하지 않았다. 특히나 상
진이 의심했던 학수의 동료들까지 시체로 나타난 이상 뭐가
어떻게 돌아가는 것인지 상진의 머리로는 알 수 없게 되어
버렸다.

"이게 대체."

계단을 조심스럽게 내려오던 경찰도 놀라기는 마찬가지였
다. 그들도 충격 받은 얼굴로 지하 창고를 둘러보았다. 구석
에 웅크리고 있는 상진은 안중에도 없다는 듯이.

11. 상황 전환

경찰은 창고 벽을 플래시로 훑어보고는 스위치를 찾아 전등을 밝혔다. 주변이 밝아지자 창고 안의 참혹한 모습이 더욱 적나라하게 드러났다.

가장 먼저 본 뚱뚱이의 시체는 물론이고, 패딩 조끼와 날카로운 인상의 남자도 힘 빠진 얼굴로 널브러져 있었다. 상진이 그렇게 두려워하던 야상을 입은 남자와 사냥 조끼를 입은 남자도 그곳에 있었다.

시체 뒤로 계단을 타고 내려오는 학수의 모습이 보였다. 모두 죽고 살아남은 건 상진과 학수, 그리고 유미뿐이었다. 상진 자신이 살인을 하지 않은 건 분명했고 유미는 그 시간에 샤워를 하고 있었다. 이쯤 되면 상진이 내릴 수 있는 결론은 하나밖에 없었다.

상진은 창고로 내려와 멍한 표정으로 바라보고 있는 학수를 두려운 눈으로 바라보았다. 학수는 감자가 담긴 자루를 발로 밀어내며 시체를 밟지 않도록 노력하며 다가섰다. 그는 허름한 옷장 앞에 서서 시체를 빤히 바라보았다. 경찰도 여전히 충격이 가시지 않는지 놀란 얼굴 그대로 시체들을 살피고 있었다.

“너 이거 뭐야?”

경찰의 질문이 화살이라도 되는 듯 학수는 당황하며 고개를 들었다.

“몰, 몰라, 나도.”

경찰은 학수의 표정을 살피며 소리 질렀다.

“바른 대로 말해! 어떻게 된 일이냐고!”

경찰의 표정은 그 어느 때보다 심각했다. 누군가 건드리기만 하면 금방 폭발할 것 같은 표정이었다. 학수는 자신의 동료 시체들을 다시 한 번 보며 역시나 신경질적으로 말했다.

“아, 진짜! 나도 모른다고!”

학수의 답변에도 경찰은 단정을 지은 얼굴이었다.

“너 이 미친 새끼! 도대체 무슨 짓을 저지른 거야? 응? 빨리 말해 봐!”

“모른다니까! 내가 그런 거 아니라고! 왜 나한테 그래? 형, 미쳤어?”

“그러면 누가 그런 거냐고!”

“아이, 쌍! 그걸 내가 어떻게 아냐고!”

학수는 경찰을 노려보다가 천천히 고개를 돌려 구석에서 떨고 있는 상진을 쳐다보며 말을 이었다.

"저 새끼가 그런 걸 수도 있잖아?"

경찰의 시선이 상진에게로 향했다. 상진은 아니라는 듯 고개를 연속 가로저었다. 그냥 진심이 전해지길 빌면서.

학수는 동료들의 시체를 손으로 흔들며 불렀다.

"형국이형, 형국이형! 욱아! 야, 욱아!"

그들의 반응이 없자 학수도 몹시 당황한 표정으로 뒤로 물러섰다. 경찰은 쓰러져 있는 시체들의 상태를 이리저리 살펴보다 뭔가를 발견한 듯 우뚝 멈췄다. 그의 모습에 상진도 더불어 긴장이 되었다.

경찰은 숙였던 허리를 천천히 펴며 허리에서 총을 꺼내들었다. 그리고 학수의 등을 향해 총을 겨누었다. 하지만 학수는 그것도 모르고 동료들을 살피는 데 여념이 없었다.

"욱아, 욱아! 이게 도대체 어떻게."

경찰은 여전히 말없이 학수의 등에 총을 겨누고 있었고 시체를 둘러보던 학수는 야수 같은 얼굴로 상진을 돌아보며 버럭 소리 질렀다.

"야 이 개새끼야! 도대체 뭔 짓을 한 거야? 뭔 짓을 한 거냐고!"

상진은 벽에 기대앉아 고개를 가로젓는 것 말고는 할 수 있

는 것이 아무것도 없었다.

"저 개새끼, 처음부터 저런 놈인 줄 알았으면 내가 안 도와주고."

학수는 경찰에게 돌아서다가 자신에게 총을 겨누고 있는 보고는 멍한 얼굴로 말을 멈췄다. 경찰은 잔뜩 긴장한 얼굴로 말했다.

"저 총알자국들 뭐야."

"뭐, 뭐?"

"시체들 몸에 나 있는 총알 자국들."

"뭐야, 뭐 하는 거야? 지금?"

"뒤돌아."

"뭐라고?"

"뒤돌라고!"

"지금 뭐 하는 거야?"

경찰은 창고 전체가 울릴 정도로 큰소리로 고함을 쳤다.

"뒤돌라고! 새끼야!"

"형, 나한테 왜이래? 응?"

"너 이 새끼 도대체 무슨 짓을 한 거야?"

학수의 표정이 분노로 일그러졌다.

"아, 씨발! 내가 그런 거 아니라고! 개새끼야!"

"이 사람들 총에 맞아 죽었다고!"

“그게 왜!”

“너 총 가지고 있잖아!”

학수는 머리를 감싸 쥐었다가 거칠게 펴며 말했다.

“아, 환장하겠네! 그거 내 게 아니라고, 내 게 아니야! 여기 이 죽어있는 새끼들 거지! 그리고 공기총으론 이렇게 되지도 않아! 경찰이 그것도 몰라?”

“총 개조한 거 다 알고 있어, 새끼야.”

“아, 형! 진짜 아니라니까! 난 총 쏴 본 적도 없어. 이 새끼들이 쏘고 난 팔아주기만 했다고!”

“너 이 새끼. 그럼 뭐야? 뭐로 한 거야?”

“미치고 팔짝뛰겠네, 씨발!”

“뒤돌아!”

학수는 머리를 감싸 쥐고는 경찰에게 외쳤다.

“좇까! 좇까!”

“뒤돌라고 했다!”

“쏴, 씨발! 그냥 확 쏘라고!”

“뒤로 돌아 새끼야!”

“씨발 그냥 확 쏴버리라니까?”

경찰은 진짜 쏠듯이 권총을 단단히 움켜쥐었지만 차마 쏘지 못하고 서 있기만 했다. 학수는 그에게 성큼성큼 다가가며 계속 소리를 질렀다.

“쏴! 쏴버리라고!”

“거기 서!”

“쏘라고! 개새끼야!”

“거기 서라고 했잖아, 새끼야!”

경찰은 총을 하늘로 향해 발포했다. 대들던 학수도 총소리에 깜짝 놀라 멈췄다. 경찰은 또 다시 학수를 향해 총구를 들이대며 말했다.

“이번엔 진짜 쏜다!”

그의 모습을 빤히 바라보던 학수는 들고 있던 쇠파이프를 바닥에 던지며 말했다.

“그래, 이렇게 된 거 여기서 다 죽자, 씨발! 우리 잘난 경찰관 형 총에 맞아 죽는 것도 나쁘지 않지. 자, 쏴!”

그는 자신의 이마를 가리키며 말을 이었다.

“여기에 제대로 쏘라고. 알았어, 형?”

“이 골칫덩어리 새끼.”

“경찰은 처음 두 발이 공포탄이라며? 이제 됐네. 자, 쏴봐! 자!”

학수는 이번엔 제대로 마음을 먹었는지 경찰의 총구에 자신의 이마를 대고 바짝 붙어 섰다.

“자!”

경찰은 권총을 꽉 쥐고 학수를 노려보았고 학수 또한 긴장

된 얼굴로 경찰을 똑바로 노려보았다. 두 사람의 긴장 때문에 상진은 숨을 쉴 수가 없을 정도였다. 저 긴장한 공기에 자신의 목도 잘려나갈 것 같았다. 이대로 도망치고 싶었지만 이렇게 예민할 때 잘 못 걸리면 다 죽을지도 모를 일이었다.

학수가 먼저 입을 열었다.

"왜? 쏴 죽여 버리지? 골칫덩어리 쏴 버리지 왜!"

잘못 본 게 아니라면 학수의 눈에 눈물이 고이고 있었다. 학수는 이를 악물고 버티고 있었지만 그의 눈에서는 눈물이 흘러나왔다.

"너, 진짜."

학수의 표정을 본 경찰은 당황스러운 얼굴로 그를 바라보았다.

"진짜 내가 그런 거 아니라고! 왜 나한테 지랄인데! 왜!"

경찰이 나직한 목소리로 물었다.

"네가 어머니 생각하면 이럴 수 있냐?"

"뭐 어머니? 내가 한 거 아니라는데 이 개새끼가! 엄마 얘기를 해?"

"너 때문에 어머니가 얼마나 고생하신 줄 몰라? 그런데 이제 사람까지 죽여?"

"씨발 놈아! 내가 한 거 아니라고 몇 번을 말해, 몇 번을! 개새끼야! 그리고 씨발, 엄마나 너나 나한테 해준 게 뭐 있다고

그래? 씨발, 나한테 뭐 하나 해준 거 있어?”

“……”

“내가 씨발! 이 깡촌에 태어나 돈도 없어서 너만 대학 가고 난 고등학교도 중퇴하고 일하면서 네 등록금이나 대고! 네가 나 없었으면 졸업이나 했을 것 같냐? 이 씨발놈아?”

“……”

“개새끼! 엄마랑 내가 준 돈 다 말아먹고 여기 와서 순찰 돌다 잠이나 퍼 자는 새끼가!”

“뭐라고?”

“서울에서 여자 받아먹다가 걸린 거 모를 줄 알아?”

“뭐, 새끼야?”

학수는 눈물이 고인 눈 그대로 비웃으며 말했다.

“그래서 여기로 온 거잖아. 그런 새끼가 엄마가 얼마나 고생하는지 아냐고? 그래, 넌 엄마가 얼마나 고생하는 줄은 아냐? 이 좆같은 새끼야?”

“미쳤구나, 미쳤어.”

“막말로, 네가 엄마 용돈 한 번 드린 적 있어? 아빠가 엄마 때릴 때 말려본 적 한 번 있냐고! 새끼야!”

학수는 눈앞에 총 같은 건 보이지도 않는 듯 그동안 쌓아뒀던 것을 모두 쏟아냈다.

“내가 왜 빵에 가면서도 짐승들 잡는 줄 알아? 넌 아르바

이트 한번 해본 적 없으니 그냥 돈이 집에서 나오는 줄 알지? 내가 이 짓도 안 하면 우린 굶어죽어 새끼야. 그런데도 엄마는 너 출세해야 된다고 생활비 부담 주면 안 된다고 하고 나보곤 왜 돼지새끼 안 잡아 오냐고 하고! 알기나 알아? 새끼야! 난 너 도우려고 태어났냐? 내 인생은 없냐? 씨발, 진짜 좆 같아서……."

경찰의 팽팽했던 표정이 천천히 누그러지기 시작했다. 학수는 그러거나 말거나 자기 할 말을 계속했다.

"전에 내가 붙잡혔을 때 솔직히 네 덕 좀 보나 했어. 그런데 나 못 본 척하고 회식하러 가더라? 무지하게 고맙더라. 그게 뒷바라지 다 해준 동생한테 할 짓이냐? 그리고 지금도 무지 고맙네. 그 잘난 경찰 형 총알도 한 방 맞게 생겼으니 말이야. 쏴, 이 개새끼야! 쏴! 쏘라고!"

학수를 바라보던 경찰은 떨리는 손으로 총을 거두었다. 그는 창고 구석에 있는 나무 상자 위에 앉아 고개를 숙인 채 머리를 감싸 쥐었다.

학수도 괴로운 얼굴로 바닥에 주저앉아 얼굴을 감쌌다. 두 사람은 아무 말도 하지 못하고 한동안 그렇게 앉아있었다. 지하 창고의 부서진 문 밖에서는 눈보라가 지칠 줄 모르고 몰아치고 있었다.

"미안하다."

먼저 입을 연 것은 경찰이었다.

“미안해. 난 몰랐다.”

하지만 학수는 아무 대꾸도 하지 않고 얼굴을 감싼 그대로 앉아있었다.

“진짜, 몰랐다. 미안해.”

경찰은 천천히 학수 곁으로 다가가 앉아 그의 어깨를 다독이듯 두드리며 사과했다.

“미안해.”

학수의 어깨에 머리를 기대고 그를 두드리던 경찰이 일어서며 말했다.

“다른 일을 해보지 그랬어.”

학수가 조용한 목소리로 대답했다.

“누가 나를 받아주는데? 엄마 때문에 다른 데도 못 가.”

“그래.”

두 사람은 다시 말없이 시간을 보냈다. 경찰은 고개를 들고 다시 현실적인 얘기를 꺼냈다.

“그럼 이제 어떻게 하지?”

학수도 그제야 고개를 들고 경찰을 올려보았다.

“뭘?”

경찰은 총을 든 손으로 상진이 앉아있는 곳을 가리키며 말했다.

“어떻게 할까?”

무슨 말인지 못 알아들은 학수는 상진을 돌아보며 반문했다.

“뭐?”

경찰은 턱짓으로 상진을 가리켰다. 깜짝 놀란 상진이 대답했다.

“네?”

학수도 영문을 모르겠다는 표정으로 경찰에게 물었다.

“저 사람이 왜?”

잠시 생각에 잠겼던 경찰이 입을 열었다.

“이렇게 하자. 저 놈이 여자 강간하려고 이 사람들을 다 죽였다고 하면 되겠다. 피해자도 있으니까.”

상진은 화들짝 놀라 경찰에게 큰소리로 외쳤다.

“이, 이봐요! 경찰 아저씨! 지금 무슨 소리 하는 거예요?”

학수 또한 놀란 얼굴로 물었다.

“형! 그게 무슨 소리야?”

경찰은 이제 완전히 설득조로 말하기 시작했다.

“일 크게 만들 필요 없이 여기서 다 정리하자. 그럼, 완벽하잖아. 너도 살고 나도 사는 길은 그것밖에 없어.”

잠시 멍한 얼굴로 경찰을 보던 학수가 말했다.

“형, 진짜 무슨 소리하는 거야?”

경찰은 걱정 말라는 듯 고개를 끄덕이며 말했다.

“걱정 마. 이번엔 내가 형 노릇 제대로 해줄 테니까.”

무슨 영문인지 모르는 학수와는 달리 상진은 필사적으로 소리를 질렀다.

“이봐요! 지금 뭐 하는 거예요? 경찰이 그래도 되는 겁니까? 네?”

경찰은 권총의 상태를 살피고는 학수의 어깨를 다독이며 일어나 상진에게 총을 겨누었다.

“그럼 저 놈부터 먼저 처리하자.”

“왜, 왜 그러세요, 진짜!”

경찰의 움직임에 학수가 놀라 물었다.

“뭐 하는 거야? 형! 왜 그래?”

경찰은 상진을 향해 큰소리로 외쳤다.

“가만히 있어! 엎드려!”

상진의 심장은 미친 듯이 뛰기 시작했다. 어쩌면 오줌을 지렸을지도 모를 공포가 그의 전신을 들쑤시고 있어 정신이 하나도 없었다.

“왜 그러세요! 네? 왜 그러세요!”

“바닥에 엎드리라고!”

“형!”

학수가 말렸지만 경찰의 충혈된 눈은 아무 소리도 들리지 않는 것 같았다. 상진은 서슬 퍼런 경찰의 기세에 눌려 엎드

렸지만 이대로 죽는다고 생각을 하니 사시나무처럼 떨려왔다. 은희와의 데이트도, 함께 마실 돔페리뇽도 모두 날아가고, 그가 쥐어 짜내서 써낸 시나리오가 마지막 유작이 될 거라는 생각에 피라도 토하고 싶은 심정이었다.

경찰은 상진의 등을 밟고 그의 뒤통수에 총을 겨누었다.

"형!"

"내 총은 쏘면 안 되니까, 저것 좀 줘봐."

경찰은 학수가 들었던 쇠파이프를 가리켰다. 학수도 두려운 얼굴로 계속 외쳤다.

"형! 뭐 하는 거야?!"

경찰은 학수를 무표정한 얼굴로 돌아보며 태연하게 말했다.

"죽여야지. 그럼 증인도 없고 완벽하잖아."

상진은 깜짝 놀라 몸을 들썩였지만 경찰의 체중에 눌려 금세 멈췄다.

"안 돼요, 안 돼! 경찰 아저씨! 이러면 안 되잖아요!"

상진이 발악을 하든 말든 학수는 경찰의 말에 표정이 굳으며 다시 물었다.

"증인이라니?"

경찰은 움직이는 상진을 꼼짝 못하게 하기 위해 힘을 줘서 밟으며 대답했다.

"네가 사람 죽인 걸 본 사람이잖아."

“뭐? 내가 죽인 거 아니라니까!”

“괜찮아. 이번엔 내가 도와줄게.”

“진짜 내가 죽인 거 아니라니까!”

학수는 깔려있는 상진에게 다가가 큰소리로 물었다.

“아저씨, 진짜 내가 사람 죽이는 거 봤어?”

상진은 덜덜 떨며 간신히 대답했다.

“아니요, 아니요, 아니요! 못 봤어요! 살려주세요!”

학수는 경찰을 올려보며 말했다.

“거 봐! 못 봤다잖아. 나 아니라니까, 왜 이래?”

“알았으니까 거기 파이프 좀 달라니까!”

“살려주세요! 제발 살려주세요!”

학수는 경찰을 잡아끌며 말렸다.

“형! 왜 이래! 하지 마!”

학수는 경찰의 총 잡은 손을 잡고 말리려고 했다. 하지만 경찰은 손을 뿌리쳐 빼내고는 학수를 권총으로 후려쳐서 쓰러뜨렸다.

“아악!”

“이 새끼가 도와주는데 왜 지랄이야!”

경찰은 상진에게 총을 겨눈 채 고물이 된 장롱 쪽으로 가며 위협했다.

“움직이면 죽어!”

경찰은 장롱 밑에 떨어져 있는 쇠파이프를 주워들다가 반쯤 열려있는 장롱 문을 보고는 흠칫했다.

그 순간 총소리와 함께 장롱 문이 폭발하듯 부서져 나갔고 경찰의 머리에서는 피가 터져 나왔다.

갑작스런 상황에 놀란 상진과 학수는 멍한 얼굴로 장롱을 바라보았다. 누군가 남은 장롱 문을 박차고 걸어 나왔다. 전투화를 신고 그 위엔 경비복을 입은 낯선 남자가 서서 들고 있던 총을 학수에게 들이댔다.

"뭐, 뭐야!"

괴한이 총을 쏘았지만 철컥거리며 빈 총소리만 났다. 당황한 괴한은 경찰이 쥐고 있던 권총을 바라보았다.

그 순간 학수가 괴한을 향해 달려들었다. 학수의 공격에 당황한 괴한은 그와 함께 뒹굴며 육탄전이 시작되었다. 상진은 그들이 싸우는 틈을 타 후들거리는 다리를 끌고 창고 밖으로 빠져나가 무조건 뛰기 시작했다.

12. 대결

상진의 머리는 평소보다 아주 빠른 속도로 돌아갔다.

사람은 위급한 상황에 처하면 평소보다 아주 큰 힘을 낸다고 했다. 자신의 아이를 구하기 위해 차를 들어 올린 엄마 이야기는 이미 여러 번 들었던 적이 있었다. 하지만 머리가 좋아졌다는 얘기는 한 번도 들어본 적이 없었다. 하지만 상진의 머릿속은 분명 평소보다 훨씬 잘 돌아가고 있었다. 지하창고에서 튀어나온 살인귀도 어쨌든 사람이었기에 머리싸움이 중요하다고 생각했다.

지금 상진이 펜션으로 들어온 것부터가 그랬다.

통상의 생각으로는 죽음을 간신히 면한 사람이 하는 것은 멀리 달아나는 것이다. 상진 자신이 학수에게 붙잡히기 전에 그랬던 것처럼 말이다.

하지만 지금 상태로는 그렇게 멀리 도망치는 것은 현명한 일이 아니었다. 부상을 입은 자신의 몸을 고려할 때 얼마 못가 추격을 당할 것이고 결국은 따라잡힐 테니까 말이다. 차라리 몸을 숨기고 힘을 비축하는 것이 전략적으로 나은 일이라고 생각했다. 그리고 제 3자가 나타난 지금, 이 상황에 대해 조금은 더 생각할 필요가 있었다.

모두를 죽인 것인 학수라고 생각했지만 오히려 경찰에게 죽임을 당할 뻔하고, 이제는 전혀 생각지도 못했던 괴한이 튀어나와 공격을 했다.

상진은 학수에 대한 자신의 생각을 거둬들일 수밖에 없었다. 이건 생각할 여지도 없이 경비복을 입은 놈이 벌인 짓이 분명했다. 상진은 살인귀가 돌아다니는 영화 속 한복판에 내던져진 기분이 들었다.

그는 어두운 펜션 거실에 앉아 창문 옆 벽에 기대서 밖의 동태를 살피다 자신이 빈손이라는 것을 깨달았다. 그는 조심스럽게 부엌으로 가서 칼을 하나 챙겨 들고 다시 어둠 속에 몸을 숨겼다.

제법 날카로워 보이는 칼날에 조금이나마 마음이 놓였다.

밖의 동태를 살피는 동안 밖에서 눈을 밟는 소리가 들렸다. 상진은 숨소리를 죽이며 복층 계단 아래 어두운 곳으로 장소를 옮겼다.

귀를 기울이니 펜션 주위를 정찰하듯 조심스럽게 돌고 있는 발소리가 들렸다. 상진은 소리를 좀 더 선명하게 듣기 위

해 소리가 나는 방향에 따라 고개를 돌리며 귀를 기울였다.

한 바퀴를 빙 돌던 소리가 우뚝 멈췄다. 온 신경을 기울여 기척을 찾아내기 위해 노력했다. 한참을 귀 기울였지만 소리가 들리지 않자 조금씩 초조해 지기 시작했다.

초조해지면 머리가 굳어버린다. 그러면 죽을 확률만 더 높아진 다는 것을 알았기에 호흡을 조금씩 가다듬으며 혹시나 놓쳤을지도 모르는 기척을 잡아내기 위해 집중했다. 하지만 시간이 지날수록 소리를 놓쳤다는 의심이 들기 시작하면서 점점 패닉 상태로 빠지고 있었다. 상진은 쓸데없는 상상력을 줄이기 위해 부단히 애를 쓰면서도 예상하지 못한 곳에서 갑자기 괴한이 튀어나올까 겁이 나 정신 줄을 놓기 직전이었다.

그때 부스럭거리는 소리와 함께 정면에 있는 창문에 사람의 머리로 보이는 실루엣이 비쳤다. 그는 안쪽을 들여다보듯 창문 앞을 계속 서성였다.

상진은 마음속으로 그냥 가라고 몇 번이고 기도했다. 그대로 가서 영원히 돌아오지 말기를 빌었다. 기웃거리던 그림자는 한참을 맴돌다가 사라졌고 이어서 다시 눈을 밟는 발자국 소리가 들리기 시작했다. 이대로 뛰어나가 덮치면 승산이 있을까 생각했지만 너무 무모한 일이었다.

저 그림자는 분명 학수의 것이 아니었다. 체형부터가 달랐다. 다부져 보이던 학수도 이기지 못한 괴한을 자신이 쓰러뜨

릴 수 있을 거란 생각은 전혀 들지 않았다.

이럴 줄 알았으면 운동이라도 해둘 걸 그랬다고, 소용없는 후회를 했다. 이곳에서 살아남을 수만 있다면 반드시 운동을 시작하겠다고 다짐했다.

멀어지던 발자국 소리가 다시 가까워지고 있었다. 현관문 옆 창문 쪽에 괴한의 그림자가 다시 나타났던 것이다. 그림자는 창문에서 서성이다 현관문 방향으로 움직였다. 상진은 칼자루를 꼭 움켜쥐고 현관 문고리를 뚫어지게 바라보았다. 괴한의 동선으로 봐서 어쩌면 문을 열고 들어올지도 몰랐기 때문이다. 하지만 그의 예상과는 달리 문고리는 전혀 움직이지 않았다.

그때 불쑥 창문 앞에 그림자가 나타났다. 허를 찔린 기분이었다. 그림자는 이전과는 다르게 망설임 없이 창문을 열고 머리를 쑥 들이 밀었다. 상진은 마치 얼음처럼 어둠속에 가만히 몸을 웅크리고 있었다.

괴한은 펜션 안을 빙 둘러 보았다. 실제로는 시간이 얼마나 지났을지는 모르지만 몸을 숨기고 있는 상진에게는 영겁과도 같은 시간이었다. 괴한은 아무것도 없다고 판단했는지 머리를 창밖으로 빼는 것처럼 보였다.

상진은 안도하며 아픈 다리의 위치를 바꾸었다. 그 바람에 마룻바닥에서 삐거덕거리는 소리가 났다. 상진이 놀라 창문

을 바라보니 예상대로 괴한도 그 소리를 들었는지 다시 창문 안쪽으로 머리를 들이밀고 있었다. 이번엔 머리만 들어오는 게 아는 듯 했다.

상진은 전속력으로 달려가 발로 그의 머리를 아래로 힘차게 밟았다. 이어서 창문을 밀어 닫아 괴한의 머리를 창틀에 끼웠다. 상진은 다시 창문을 열었다가 힘차게 닫아 놈의 머리를 가격했다. 이를 악문 이빨 사이로 신음소리가 날 정도로 상진은 창문을 열었다가 있는 힘껏 닫아 놈의 머리에 부딪혔다.

몇 번 반복하자 충격을 입은 놈의 몸이 흔들리는 것이 보였다. 창틀에 머리를 끼워 둔 채 상진은 있는 힘껏 놈의 머리를 걷어찼다. 목이 뒤로 꺾여 죽기를 바라는 마음으로 걷어 찬 것이지만 성공했는지는 알 수가 없었다.

상진의 발길질을 고스란히 받은 괴한은 몸이 쳐지며 창밖으로 흘러내렸다. 그를 붙잡아 확실히 마무리 짓고 싶었지만 그러기에는 불확실한 것이 너무 많았다. 살인자에게 동료라도 있는 날엔 자신은 죽은 목숨이나 다름이 없었기 때문이다. 다 차치하고라도 일단 자신이 가한 공격이 놈에게 먹혀들었는지가 의심스러웠다.

이대로는 살 수 있는 가망성이 낮았다.

상진을 주변을 둘러보다 펜션 앞 길가에 세워져 있는 4륜구

245

동을 발견했다. 그리고 처음 도망쳤을 때 그 차 안에서 봤던 공기총을 떠올렸다.

그는 펜션 문을 열고 밖으로 나왔다. 창문 앞에는 놈이 쓰러져 있었다. 놈에게 달려가 흠씬 두들겨 패주고 싶었지만 참았다. 조금 전엔 창틀에 몸이 끼어 놈이 양 팔을 제대로 쓸 수 없었지만 지금은 상황이 달랐기 때문이다. 만에 하나 놈이 자신을 붙잡기 위해 유인하는 것이라면 상진은 그에게 무방비로 당하는 수밖에 없었다.

상진의 주먹이나 발길질이 아닌 확실히 믿을 수 있는 뭔가가 필요했다.

상진은 쓰러져 있는 놈을 뒤로하고 차를 향해 전속력으로 뛰기 시작했다. 말이 전속력이지 학수에게 얻어맞은 다리와 지하 창고 계단에서 구른 상처 때문에 아프지 않은 곳이 없었기에 제대로 뛰는 것조차 힘들었다.

차 앞에 도착하니 차 유리엔 어느새 눈이 수북이 쌓여있었다. 상진은 트렁크 유리를 손으로 문질러 보았다. 생각했던 대로 공기총이 보였다.

상진은 자동차 주변에서 커다란 돌을 찾아 차 유리를 내리쳤다. 자동차 창문은 안전필름이 들어가 있어서 해머로 내리쳐도 잘 깨지지 않는다. 그런 유리를 돌로 깨려니 죽을 맛이었다. 깨진다고 해서 일반 유리처럼 와장창 깨지는 것이 아니

고 구멍만 뚫렸기에 그 안에서 물건을 꺼내는 일은 보통 일이
아니었다.

돌로 내리쳐 구멍이 난 곳에 손을 넣고 소매를 손바닥까지
늘어뜨려서 유리를 잡고 뜯어내듯 열어 젖혔다.

유리가 터지는 소리와 함께 구멍이 열렸고 상진은 손을 휘
저어 감으로 공기총을 잡았다. 하지만 자루에 걸린 공기총은
생각처럼 쉽게 꺼내지지 않았다.

상진은 다급한 마음에 마구 잡아 흔들며 당겼지만 마치 그
물에 걸린 것처럼 오히려 더 감기는 느낌이었다. 불안한 마음
에 주변을 둘러보며 총을 확 잡아 뜯자 자루도 함께 뜯어지며
죽은 멧돼지의 머리가 튀어 나왔다.

상진은 너무 놀라 주저앉았다. 자기 자신조차 처음 듣는
별의별 욕이 다 튀어 나왔다. 상진은 비명을 지르지 않은 것
을 다행으로 여기며 가까스로 빼낸 손에는 공기총이 들려 있
었다.

상진은 재빨리 일어나 펜션 쪽으로 총구를 돌렸다. 세 개의
펜션을 차례로 겨누었지만 어느 곳에도 움직임은 없었다. 창
문 앞에 쓰러져 있던 놈 또한 없어진 것 같았다.

상진은 좀 전에 자신이 격투를 벌였던 펜션의 창문 쪽으로
다가갔다. 멀리서 본 대로 역시 놈은 사라지고 없었다.

이렇게 금방 도망친 것으로 보아 상진이 퍼부었던 창틀과

발길질 공격으로는 타격을 많이 입지 않은 것이 분명했다. 그래서 이렇게 공기총을 구해 온 것인데 이미 튀어버렸으니 더욱 난감해진 것은 상진 자신이었다. 짐승도 한 번에 죽이기 못하고 상처만 입히면 더욱 사납고 거칠게 굴기 때문이다.

상진은 공기총을 앞으로 향하고 마치 수색 나온 군인처럼 조심스럽게 움직이기 시작했다. 그때였다. 펜션을 끼고 뒤쪽으로 돌아가려는 순간, 뒤에서 발자국 소리가 들렸다. 재빨리 소리가 나는 방향을 총을 겨누었다. 처음엔 누군지 알아보지 못했지만 가까워지자 그제야 그가 누군지 알 수 있었다.

학수였다. 지하창고에서 무슨 일을 겪은 것인지 몰라도 그의 얼굴은 거의 맨살을 찾아보기 어려울 정도로 피칠갑을 하고 있었다.

그는 상진을 똑바로 바라보며 걸어왔다.

처음엔 죽은 줄 알았던 그가 살아있다는 사실이 반갑게 여겨졌지만 그가 자신을 강간범으로 몰아세운 것을 떠올리고는 금세 그 느낌이 반감되었다. 상진이 이 미묘한 감정 때문에 이러지도 저러지도 못하고 있을 때 어느새 코앞까지 다가온 학수가 상진이 겨누고 있는 총부리를 잡았다.

상진은 흠칫 놀라 학수를 바라보았지만 학수는 아무렇지도 않은 듯 총을 가져가려는 듯 붙잡은 손에 힘을 주었다. 하지만 상진도 쉽게 포기할 수 없었다. 이 미쳐 돌아가는 펜션에

서 유일하게 목숨을 의지할 수 있는 무기를 선뜻 내줄 리 만
무하지 않은가?

학수가 다시 한 번 힘을 주었지만 상진은 여전히 빼앗기고
싶은 생각이 없었다. 학수는 매서운 눈으로 상진을 노려보며
말했다.

"쓸 줄이나 알아?"

총은 군대에서 쏴봤다. 하지만 지금 실랑이를 벌이고 있는
것은 일반 소총이 아니라 공기총이었다. 상진은 자신이 잘 다
룰 줄도 모르는 공기총을 들고 너무 무모하게 괴한을 찾으려
했다는 사실을 깨달았다.

상진은 손에서 힘을 뺐다. 총을 받아든 학수는 공기총을 잡
고 조작을 했다. 그런 모습을 상진은 유심히 관찰했다. 공기
총을 만지게 될 때를 대비해서.

학수는 총신 아래 붙어있는 둥근 캔 모양의 충전가스통을
빼서 한 번 흔들어 보고는 다시 돌려 끼우고는 노리쇠를 뒤로
당겼다. 조작을 끝낸 학수가 상진에게 무심하게 말했다.

"숨어 있어. 쏠 수도 있으니까."

움직이는 건 모두 쏴버릴 생각이었다. 피범벅이 된 학수의
얼굴과 눈빛을 보고 상진은 감히 이의를 제기할 수 없었다.
학수의 진심이 온몸으로 느껴졌다.

학수는 총을 든 채 비틀거리며 어딘가로 향했다. 그의 뒷모

249

습을 보며 상진은 부들거리는 손을 주물렀다. 왜 떨리는지는 알 수가 없었다.

이런 상황이면 안 떨리는 것이 비정상이었겠지만 짧은 시간에 두렵고 기괴한 경험을 너무 많이 해서 그런지 마음은 약간 담담해진 기분이었다. 하지만 손은 계속해서 떨고 있었다. 제발 이 수전증 때문에 목숨을 잃는 일은 없기를 간절히 빌었다.

상진은 학수가 지나간 반대편으로 몸을 돌렸다.

이대로 한 바퀴를 돌 생각은 없었다. 그랬다간 한 바퀴 돌고 오는 학수와 마주치게 되어 그의 총에 맞아 죽을 수도 있었기 때문이었다.

상진은 곧바로 돌아다닐 곳이 아니라 숨을 곳을 찾았다. 펜션과 바비큐 장 등, 이 주변은 지겹게 돌아다녀 더 이상 지형이 낯설지가 않았다.

과장되게 말하면 공기만으로도 펜션의 어느 곳인지 알 수 있을 정도였다. 이건 확실히 생존에 도움이 되겠지만 더 확실히 살아남으려면 이 펜션에서 벗어나야 한다는 걸 잘 알고 있었다.

상진은 패딩 조끼 일행이 방을 쓴다고 할 때 작동시켰던 보일러실을 떠올렸다.

그곳이라면 숨기에 적당하다고 생각했다. 겉에서 보기엔

작아보였지만 그 안쪽은 더 깊게 파여 있었기 때문에 결코 좁지 않은 공간이 나왔다. 마음을 결정한 상진은 곧바로 보일러실로 향했다.

*　　　*　　　*

어둠속에서도 지천에 깔린 눈은 달빛을 받아 주변을 생각보다 훤하게 밝혔다. 심지어 달이 보이지 않는 흐린 날까지도 말이다.

보일러실 안에 숨어있는 상진은 문틈으로 쌓인 눈에 의지해 밖을 감시하고 있었다. 보일러실이면 조금은 따뜻할 줄 알았는데 그렇지도 않았다. 매달려 있는 보일러 외벽에 손을 대야만 아주 미온이 느껴질 뿐 그 외에는 바람이 막혀서 냉기를 막아줄 뿐이었다.

인생은 한 끗 차이라는 말이 떠올랐다. 간발의 차로 누구는 목숨을 잃고, 그 반대로 또 누군가는 목숨을 구한다. 펜션 주인은 이곳에서 계속 지내다 잠깐 떠났고, 상진은 서울에서 지내다 단 한 번 이곳에 왔는데 이런 생사가 오가는 상황에 처하게 된 것이다. 이럴 확률이 도대체 얼마나 될까?

이런 곳에 쭈그리고 앉아 숨을 죽이고 있는 자신의 꼴이 불현듯 우습게 여겨졌다. 더럽다며 발도 들이기 싫을 이곳을 아

늑하게 느끼고 있는 자신이 또한 어이가 없었다.

하지만 이런 상념도 밖에서 들리는 인기척에 일순간에 사라졌다. 상진은 보일러실 문틈으로 밖을 살폈다.

아무것도 보이지 않았지만 인기척이 느껴지는 것만은 확실했다. 펜션 뒤쪽에서부터 들리던 발소리가 점점 가까워졌다. 상진은 호흡이 빨라지는 것을 방지하기 위해 의도적으로 들숨과 날숨의 속도를 늦췄다. 하지만 심장은 눈치도 없이 미친 듯이 펄떡거리고 있었다. 빨리 이 지옥 같은 곳에서 벗어나지 않으면 심장 파열로 죽어버릴 것만 같았다.

발소리가 가까워지고 이어서 학수의 모습이 시야에 들어왔다. 그는 여전히 총을 든 채 주변을 살피며 지나고 있었다. 피투성이가 된 채 지친 듯한 움직임이었지만 그의 안광만큼은 날카롭게 빛나고 있었다. 그런데 저렇게 느린 걸음으로 한쪽 방향으로만 돌아서 놈을 찾을 수 있을지 의문이 들었다.

상진은 학수란 남자에 대해서 궁금해졌다.

형과의 대화로 가족사는 대충 들었지만 저 사람 자체에 대해서는 생각할 겨를이 없었다. 나쁜 사람은 아니란 것이 학수에 대한 상진의 결론이었다.

나쁜 놈이었다면 자신을 죽이려던 경찰을 끝까지 말리지도 않았을 것이고, 갑자기 튀어나온 괴한과 싸우는 동안 도망친 상진을 그냥 놔뒀을 리도 없었을 것이다.

반면에 상진은 자신에 대해서 돌이켜 보았다. 첫인상이 불량하단 이유로 학수에게 거리를 두었고, 그가 전과자라는 소리를 듣는 순간 마음속으로는 철저히 문을 걸어 잠갔다.

게다가 충분히 의심스러운 상황이었음을 감안했어도 학수가 살인자라고 단정을 지어버린 건, 그 어떤 변명을 갔다 붙여도 자신이 지독히도 편협한 놈이라는 사실을 벗어날 수가 없었다.

학수가 총을 들고 놈을 쫓는 이유는 알 수 없었다. 형과 친구들에 대한 복수일 수도 있고, 마을의 안녕을 위해 놈을 죽이려는 것일 수도 있다. 어쩌면 의협심이 강해서 악당을 응징하고자 본능대로 움직이는 것일 수도 있었다. 그게 어느 쪽이건 상진 자신보다는 인성적으로는 더 나은 사람이 아닐까 하는 생각도 들었다.

하지만 상진은 나서고 싶은 생각도 없었고 이런 성격을 고치겠다는 생각도 없었다. 자신은 스스로의 목숨을 좀 더 소중하게 생각하는 사람이라고 생각할 뿐이었다.

학수가 지나가고 난 자리는 다시 텅 비었다. 아무 소리도 들리지 않았고 아무 기척도 느껴지지 않았다.

상진이 아픈 다리의 자세를 고치려고 하는 순간 보일러실 바깥쪽 바로 뒤편에서 기척이 느껴졌다. 이제 상진은 기척을 숨기는 일은 본능적으로 작동했다.

253

상진이 조심스럽게 보일러실 문틈으로 밖을 바라보자 경비복 차림의 괴한이 천천히 지나는 것이 보였다. 군화에 경비복 차림. 분명 이 모든 사단을 일으킨 장본인이 분명했다.

바비큐를 구워먹던 사람들을 다 죽이고, 지하창고에서는 경찰마저 죽인 바로 그 괴물.

놈의 얼굴을 뚜렷하게 볼 수는 없었지만 그의 시선이 앞서 간 학수에게 꽂혀 있는 것은 분명했다. 그의 모든 감각이 학수에게 집중해 있었기에 다른 곳은 무방비 상태나 마찬가지일 것이다. 하지만 무모한 짓을 할 생각은 추호도 없었다. 이대로 놈이 사라져준다면 그 이상 바랄 게 없었다.

놈은 학수를 따라 조심스럽게 움직이다 펜션 벽에 기대며 몸을 숨겼다. 상진은 용기를 내서 보일러실 문을 조금 더 열었다. 상진이 묵었던 펜션 앞에 학수가 등을 보이고 서 있는 것이 보였다.

상진의 숨소리가 거칠어졌다. 놈이 뭘 노리고 있는지 분명히 알았기 때문이었다. 이대로 두면 놈은 학수의 등에 총을 쏠 것이 분명했다.

이건 목숨을 살리고 죽이는 문제가 아니었다. 확률의 문제였다. 학수가 죽으면 상진이 살아남을 확률도 현저히 줄어들 것이 뻔했다. 어떻게든 살려야 했다.

놈은 아주 천천히 움직이며 학수를 향해 경찰에게서 빼앗

은 권총을 들어올렸다. 아주 안정적인 자세로. 분명 훈련 받은 자가 아니면 액션영화를 많이 본 변태가 분명했다.

상진의 심장이 터질 듯이 뛰었다. 그의 삶 전체를 걸고 뭔가를 행해야 하는 순간이었기에 당연히 따르는 몸의 반응이었다. 잘못되면 상진이 살아서 보게 되는 마지막 모습이 학수의 뒤통수가 될 터였다. 놈의 자세가 고정되는 순간 상진은 스프링처럼 앞으로 튀어 나갔다.

경비복 차림을 한 놈이 당황한 얼굴로 상진을 향해 몸을 돌렸지만 상진이 한 발 더 빨랐다. 상진은 놈의 몸을 밀치며 함께 펜션 아래 길로 굴러떨어졌다. 깜짝 놀란 학수가 뒤를 돌아보았다. 상진은 계속 구르면서도 정신을 놓지 않기 위해 애썼다. 이제 와서 정신을 잃으면 지금까지 노력했던 모든 것이 수포로 돌아간다. 상진이 정신을 차리고 중심을 잡는 순간 바로 앞에 떨어져 있는 총이 눈에 들어왔다. 경찰이 들고 있던 바로 그 권총이었다.

총을 잡으려는 순간 괴한의 손이 먼저 불쑥 들어오며 납치하듯 총을 낚아채갔다. 자신을 향해 총을 겨누는 것을 본 상진은 모든 것이 꿈처럼 여겨졌다. 대한민국 땅에서 총에 맞아 죽는구나.

놈은 지체 없이 상진의 가슴을 향해 총을 두 발 쏘았다. 총을 처음에 맞으면 아무 느낌이 안 난다더니 진짜 그랬다. 이

제 죽는 것이다.

놈은 바로 뒤로 돌아 학수를 향해 또다시 총을 쏘았다. 학수는 총을 맞은 듯 우뚝 멈춰 섰다.

놈은 철컥거리는 빈 총소리가 날 때까지 학수를 향해 계속 총을 쏘았다. 총소리의 여운이 온 숲에 울려 퍼졌다.

상진은 자신의 가슴을 내려 볼 엄두가 나지 않았다. 피가 번져 나와 옷을 적시고 사방을 붉게 물들이는 모습을 차마 볼 수가 없었다. 상진은 용기를 내 고개를 숙여 자신의 가슴을 바라보았다. 멀쩡했다. 눈에 젖은 나뭇잎이 튀어나온 배에 몇 잎 묻어있는 것 말고는 아무렇지도 않았다. 그건 학수도 마찬가지였다.

자신의 몸을 이리저리 더듬어 보던 학수가 놈을 쏘아보았다. 상진이 묶여있을 때 펜션에서 경찰이 했던 말이 떠올랐다.

"그래서 요즘 총 있어봐야 함부로 못 쏴. 있어봤자 장난감이지 뭐."

공포탄인 것이다.

지하 창고에서 경찰이 자신을 죽이려고 할 때도 총이 아니라 쇠파이프를 찾으러 다닌 것도 바로 이런 이유에서였다는 것을 비로소 깨달았다. 공포탄으로는 수만 발을 쏴도 사람을 죽일 수 없기 때문이다.

그게 공포탄이라는 것을 그제야 깨달은 놈은 총을 상진을

향해 집어던지고 계곡 아래로 몸을 날렸다. 상진과 학수가 바로 뒤따라가서 계곡 아래를 내려다보았다.

경사면을 따라 데굴거리며 굴러가던 놈이 제일 아래 바닥에 당도하자 길게 뻗었다.

학수는 총을 겨누고 계곡 아래로 조심스럽게 내려갔고 그 뒤를 상진도 바짝 붙어서 따라갔다.

놈의 곁에 도착한 학수는 그에게 총을 겨누며 물었다.

"너 뭐야?"

놈은 아무 말 없이 노려보기만 했다. 그의 복장을 살피던 학수가 왼쪽 가슴에 붙어있는 명찰을 보고 놀란 얼굴로 물었다.

"어? 이거 우리 이모부 옷인데?"

학수의 얼굴이 도깨비처럼 험악하게 일그러졌다.

"뭐야, 우리 이모부 어떻게 했어? 어떻게 했냐고!"

하지만 경비복은 입을 굳게 다물고 있었다. 답답해진 학수는 놈의 다리를 세게 걷어차며 물었다.

"너 도대체 뭐야? 너 뭐냐고!"

놈은 죽음을 감지한 듯 시선을 다른 곳으로 돌렸다.

학수는 그의 코앞에 총을 들이대고 바로 쏠 것처럼 이를 악다물었다. 몇 번을 망설이던 학수는 결국 방아쇠를 당기지 못하고 상진에게 말했다.

"경찰에 전화해요."

그 순간 놈이 팔을 크게 휘둘렀다. 학수의 주의가 흐트러진 순간을 놓치지 않고 재빠른 동작으로 나뭇가지를 집어 학수의 다리에 깊이 찔러 넣었다.

"아악!"

학수가 고통으로 비명을 지르며 주저앉았다. 그가 놓친 총이 바닥에 팽개쳐졌다. 먹이를 발견한 야수처럼 놈은 매서운 기세로 총을 향해 달려들었다. 하지만 이번에 먼저 총을 잡은 건 상진이었다.

상진은 다급한 손놀림으로 무서운 표정으로 달려드는 놈을 향해 방아쇠를 당겼다. 정확히 말하면 그런 놈의 기세에 눌려 겁을 먹고 엉겁결에 쏜 것에 더 가까웠다. 총을 맞은 괴한은 달려들던 관성을 기기지 못하고 앞으로 고꾸라졌다.

상진은 놀란 가슴을 진정시키며 쓰러진 괴한 곁으로 다가 갔다. 총에 제대로 맞았지만 아직 숨이 붙어있는지 경련을 일으키고 있었다. 그런 몰골을 빤히 바라보던 상진은 그의 머리에 총구를 들이댔다. 상진은 꿈틀거리는 놈의 모습을 바라보며 한 발을 더 쐈다. 두개골이 뚫리는 둔탁한 소리와 함께 놈의 경련도 멈췄다.

상진은 숨을 헐떡이며 그 자리에 주저앉으며 중얼거렸다.

"대체 이게 뭐야……."

학수 또한 고통으로 일그러진 눈으로 죽어있는 시체를 한

참동안 바라보았다.

상진은 부들거리는 자신의 손을 바라보았다. 안전해졌다는 안도와 더불어 사람을 죽였다는 생각에 손떨림이 좀처럼 멈추지 않았다.

상진과 학수는 잠시 마주보다 다시 한참동안 시체를 바라보았다. 지금 당장은 일어설 기운도 없었다.

*　　*　　*

상진은 학수를 부축해서 계곡 위로 올라왔다. 위로 올라오면서도 저 괴물이 다시 벌떡 일어나서 덤빌 것 같아 몇 번이고 뒤를 돌아보았다.

길까지 올라온 학수는 지쳤는지 그대로 길 위에 주저앉았지만 이곳에 있을 수는 없었기에 상진은 그를 일으키려고 했다. 하지만 학수는 먼저 올라가라는 듯 힘없이 손을 저었다.

길에 서서 학수를 바라보던 상진은 총을 들고 홀로 펜션으로 향했다. 펜션 문이 열리며 유미가 나왔다. 이 난리 통에 저렇게 아무렇지도 않게 펜션에 있었다는 생각을 하니 그동안 자신이 가슴을 졸이며 숨어있던 게 무색해졌다.

"다 어디 간 거야?"

유미의 목소리가 듣기 좋은 톤은 아니었지만 살아있는 사

람의 목소리라는 것만으로도 안심이 되었다.

담뱃불을 붙이려던 유미가 계단을 올라오는 상진을 보며 인상을 썼다.

"야! 너 이 개새끼! 어디 갔다 오는 거야?"

상진은 아무 대꾸도 하지 않았다. 대꾸할 필요성도 못 느꼈지만 지금은 그럴 힘도 없을 정도로 지쳤고, 무엇보다 귀찮았다.

상진은 그녀를 지나 현관문으로 바로 향했다.

"야 이 새끼야!"

유미는 욕을 하며 손을 치켜들었지만 상진이 그녀의 손목을 움켜잡는 바람에 때릴 수가 없었다.

상진은 말없이 유미를 노려보았다. 유미는 흠칫 놀란 얼굴로 상진을 훑어보다 그의 손에 들린 총을 보고는 깜짝 놀라 뒤로 물러섰다.

상진은 귀찮게 하지 말라는 뜻으로 턱짓을 하고는 손을 풀어주었다. 그가 펜션 안으로 들어설 때까지 유미는 놀란 얼굴로 상진을 바라보고 있었다. 상진이 거실로 들어서자 창문을 통해 놀란 유미의 목소리가 안으로 흘러들어왔다.

"이게 대체? 어? 아, 아저씨! 아저씨!"

길가에 있는 학수를 발견했는지 유미는 학수를 부르며 계단을 뛰어 내려가는 기척이 들렸다.

"아저씨! 저 새끼 뭐예요? 왜 풀어줬어요? 어머! 아저씨 왜 그래요? 어디 다쳤어요? 저 새끼가 그런 거예요?"

상진은 고개를 가로저으며 부엌으로 가서 먼저 물을 한 컵 마셨다. 컵을 들고 있는 그의 손이 아직도 떨고 있었다. 신고를 하기 위해 TV 옆 유선전화기를 집어 들었을 때, 유미가 보던 TV에서 흘러나오는 뉴스가 보였다.

뉴스에서 뭔가를 본 상진은 놀란 얼굴로 소파에 아무렇게나 놓여있는 리모컨을 찾아들고 볼륨을 올렸다. TV 화면 아래는 「속보, 동해안 북한 잠수함 발견」이라는 자막이 쉴 새 없이 돌아가고 있었다.

「다시 한 번 말씀 드리겠습니다. 오늘 새벽 4시경 XX지역 인근 해안에서 조업하던 어민에 의해 북한의 잠수함이 발견되었습니다. 잠수함은 암초에 걸려 조난당한 것으로 보이는데요, 당국에서는 조난당한 지 수일이 지난 것으로 보고 있습니다. 이번에 발견된 잠수함은 지난 96년 강릉 무장공비 침투 사건과 같은 상어 급의 소형잠수함으로 합참에서는 이 잠수함에 최대 30여 명의 인원이 탑승할 수 있다는 점에 근거하여, 북한군 20~30명이 영동지역에 침투했을 것으로 보고 있습니다. 군에서는 현재 북한군이 추적을 피하기 위해 여러 그룹으로 나뉘어 도주 중일 것으로 판단하고 최고 경계태세인 진돗개 하나를 발령하고 주변 지역의 수색과 경계를 강화하고 있습니다. 하지만 어젯밤부터 내린 폭설로 인해 수색 작업이 쉽지 않을 전망입니다.」

상진의 손이 더 심하게 떨리기 시작했다. 그는 112를 누르던 애초의 생각을 바꿔 113으로 눌렀다. 다행히도 신호음이 가기 시작했다.

상진은 전화를 하면서도 TV에서 눈을 떼지 않았다.

「또 군에서는 어제 저녁 송신탑 폭발로 인한 영동지역의 무선통신 장애도 군의 추적을 피하기 위한 이들의 소행으로 보고 있는데 복구는 하루 이상이 걸릴 것으로 보고 있습니다. 최근 이 지역에서 약초꾼 2명이 실종된 사건도 이번 사건과의 연계성을 확인하고 있습니다. 지난 96년 무장공비 사건 당시에도 민간인 3명이 희생된 바 있어 이 사건도 관련이 있을 수 있다고 보고 강원 산간마을 주민의 각별한 주의를 요하고 있습니다. 이에 따라 최근 강도 높은 북의 위협은 이 사건에 따른 주의를 분산시키기 위한 포석이 아니냐는 분석도 나오고 있지만 일각에서는 군사도발을 위한 침투라고 보는 이들도 있습니다.」

뉴스에 놀란 상진은 갑작스럽게 느껴진 한기에 주변을 두리번거렸다. 그러다 창문을 통해 여전히 길에 주저앉아 있는 학수를 발견했다.

다친 다리를 살피던 학수는 뭔가 기척을 느끼고 뒤를 돌아

보고는 놀란 얼굴로 일어서려고 했다. 그 순간 두 발의 총소리가 들렸다. 놀란 상진은 수화기를 떨어뜨리고는 소리가 난 창문 앞으로 다가가며 TV를 껐다.

"아악!"

유미의 비명소리였다. 총에 맞은 건 학수였다. 상진은 유미를 찾아 두리번거렸다. 그러다 저만치 도망치는 유미의 모습을 발견했다. 하지만 상진이 어찌할 새도 없이 다시 총소리가 울리고 유미가 그 총에 맞아 쓰러졌다.

상진은 얼른 창문에서 물러섰다.

"113입니다. 여보세요? 여보세요? 113입니다, 말씀하세..."

수화기 너머의 목소리는 이내 끊어지고 '뚜뚜'거리는 신호음만 정적 속을 맴돌았다.

상진은 최대한 몸을 웅크린 채 2층 구석에 자리를 잡고 앉았다. 얼마 후 삐걱거리며 1층 문이 열리는 소리가 들려왔다. 하나의 발자국 소리는 여러 개로 늘어났고 그 수는 점점 더 많아졌다. 상진은 마른침을 꿀꺽 삼켰다. 그리고 쏠 수나 있을까 의심스러웠던 공기총을 다시 한 번 꽉 움켜쥐었다.

상진은 계단 난간을 노려보았다. 그러다 난간에 얽힌 거미줄을 바라보았다. 처음 이 펜션에 왔을 때 제일 먼저 상진이 본 것은 거미줄이었다. 머리에 걸린 거미줄을 쳐내느라 바닥에 떨어진 거미를 상진은 별 생각 없이 발로 뭉개버렸다. 상

진은 생각했다. 대체 내가 여기서 뭘 하는 걸까. 어쩌다 이렇게 되었을까. 난 뭘 하는 걸까. 이건 꿈이 아닐까. 뒤죽박죽 엉킨 실타래처럼 상진의 생각은 끝을 모르고 맴돌기만 했다.

　마침내…….

　어지럽게 나뉘어 펜션을 뒤지던 발자국 소리가 2층 계단을 타고 올라오기 시작했다.

　"삐걱 삐걱."

　"삐걱 삐걱."

−END−